NO-NO-YURI

DU MÊME AUTEUR

Le Poids des secrets

TSUBAKI (prix Hervé Foulon-Un livre à relire 2021), Actes Sud, 1999 ; Babel nº 712.

HAMAGURI (prix Ringuet de l'Académie des lettres du Québec), Actes Sud, 2000 ; Babel nº 783.

TSUBAME, Actes Sud, 2001 ; Babel nº 848.

WASURENAGUSA (prix Canada-Japon), Actes Sud, 2003 ; Babel nº 925.

HOTARU (prix littéraire du Gouverneur général du Canada), Actes Sud, 2004 ; Babel nº 971.

Au cœur du Yamato

MITSUBA (prix de l'Algue d'or), Actes Sud, 2007 ; Babel nº 1123.

ZAKURO, Actes Sud, 2009 ; Babel nº 1143.

TONBO, Actes Sud, 2011 ; Babel nº 1286.

TSUKUSHI, Actes Sud, 2012 ; Babel nº 1380.

YAMABUKI (prix Asie de l'ADELF), Actes Sud, 2014 ; Babel nº 1470.

L'Ombre du chardon

AZAMI, Actes Sud, 2015 ; Babel nº 1551.

HÔZUKI, Actes Sud, 2016 ; Babel nº 1623.

SUISEN, Actes Sud, 2017 ; Babel nº 1700.

FUKI-NO-TÔ, Actes Sud, 2018 ; Babel nº 1767.

MAÏMAÏ, Actes Sud, 2019 ; Babel nº 1822.

SUZURAN, Actes Sud, 2020.

SÉMI, Actes Sud, 2021.

ISBN 978-2-330-16623-6

AKI SHIMAZAKI

No-no-yuri

roman

ACTES SUD

La voiture descend une pente. Les phares éclairent le chemin sinueux couvert de feuilles mortes.

O. et moi venons de dîner dans un restaurant au sommet. Nous avons mangé de délicieux biftecks accompagnés d'un vin rouge chilien exquis en écoutant de la musique jouée au piano. Le restaurant s'appelle No-no-yuri. Avec ce nom rustique, je ne m'attendais pas à une telle qualité. Bercée par un air doux, j'ai bu plus que de coutume. Mon amant portait aux nues la beauté de mon visage, ainsi que l'élégance de ma tenue : une blouse plissée et une longue jupe en mousseline. Il s'extasiait aussi sur ma broche et mes boucles d'oreilles ornées de rubis verts véritables que j'ai achetées dans une fameuse bijouterie de Ginza.

Nous roulons dans l'obscurité. On ne croise personne. Ce n'est pas la route que nous avions prise pour monter. Où sommes-nous ? J'ai un peu peur. Au bout d'un moment, j'aperçois soudain un panorama de Tokyo à travers les arbres dénudés. Les lumières scintillent à perte de vue. O. s'arrête.

— Ça te plaît, Kyôko ?

— Oui, c'est magnifique.

En observant le paysage, je pense aux mégapoles que j'adore : New York, Los Angeles, Londres, Moscou, Paris, Rome… L'un de mes grands plaisirs est de dîner en contemplant la ville de nuit. Pour mon travail, je vais régulièrement à l'étranger. J'ai hâte d'être au prochain voyage.

Nous redémarrons. Le chemin devient abrupt. O. se concentre sur sa conduite. Encore éméchée, je regarde son profil. Il a les traits réguliers et j'aime particulièrement son nez droit. Ce soir, avant d'aller au restaurant, nous avons fait l'amour dans un *love-hotel**. Il me semblait très excité, alors que j'étais plutôt passive. Je sors avec lui depuis sept mois. Je me questionne : combien de temps restera-t-il mon amant ? Je tourne les yeux vers la fenêtre. On ne voit plus rien.

La pente est maintenant plus douce. Détendu, O. parle de son supérieur et de ses collègues. Il travaille dans une banque prestigieuse comme ingénieur informaticien. Sans enthousiasme, je ne lui réponds que par "oui ?" ou "ah bon ?" ou "j'ignorais". C'est une façon d'être un interlocuteur

* Les mots en italique sont regroupés dans un glossaire en fin d'ouvrage.

apprécié. De bonne humeur, il continue à bavarder.

Brusquement, il me demande :

— Tu t'entends toujours bien avec ton patron américain ?

— Oui, très bien. Pourquoi ?

— Tu sais bien pourquoi.

Il est intrigué par les rapports entre un directeur et sa secrétaire, en contact quotidien et qui partagent même leurs voyages. Je réponds :

— C'est un homme respectueux. Il n'y a rien entre nous. Notre relation demeure strictement professionnelle.

Il reprend d'un ton mécontent :

— Comment peut-il rester calme auprès d'une femme aussi belle et sexy que toi ? Est-il homosexuel ?

— Je ne pense pas. Il est marié, père de deux enfants. Je connais bien sa femme, américaine elle aussi. À mes yeux, ils forment un couple très uni.

— Quand même, je suis jaloux de lui.

Je le taquine :

— N'oublie pas que tu es marié.

Il se défend aussitôt :

— Marié ou non, on n'arrête ni les sentiments ni le désir. Un ami à moi a divorcé pour se remarier avec sa secrétaire.

— Je suppose que son mariage était déjà fini. Mieux vaut qu'il soit parti plutôt que de poursuivre l'adultère.

— Quoi, tu veux que je divorce ?!

— Oh non ! Je te conseille de ne pas négliger ton épouse que tu aimes encore. Vous avez un enfant. Si elle découvre ton infidélité, elle te mettra dehors.

Il se tait. J'ai vu une fois une photo d'elle. D'après lui, elle n'a jamais travaillé mais fait bien la cuisine. Il murmure :

— Si elle me met à la porte, je m'installerai chez toi…

— Désolée, je n'ai pas de place pour toi. Je me sens très bien toute seule. Je ne cuisine pour personne.

— Kyôko, sois gentille avec moi, si amoureux de toi. Dis-moi plutôt la vérité sur ta relation avec ton supérieur.

Ces paroles effrontées me stupéfient. Mon patron séjourne à Boston avec sa femme depuis quatre jours. Il reviendra à Tokyo dans trois jours. Je répète :

— Il n'y a rien entre lui et moi. Je ne ressens aucun sentiment spécial pour lui.

— Comment en es-tu certaine ?

Je lâche :

— Il n'est pas beau comme toi.

O. rit, retrouvant enfin sa bonne humeur. Puis il m'annonce :

— Je dois bientôt aller à New York. Nous avons une succursale là-bas.

C'est une nouvelle inattendue. Le siège social de ma compagnie s'y situe aussi.

— Pour combien de temps ?

— Six mois. Je pars dans trois semaines, début janvier.

— Avec ta famille ?

Il secoue la tête. Il m'explique que sa femme restera à Tokyo avec leur fille qui prépare le concours d'entrée au lycée. Il compte les faire venir pendant les vacances de printemps du collège. Je lance :

— Profite bien de ton célibat à l'étranger !

— Et à toi, je ne te manquerai pas ?

— Si, certainement, réponds-je machinalement.

— Tu adores New York. J'espère que tu me rendras visite au moins deux fois au cours de mon séjour.

— Bien sûr, si l'occasion se présente.

O. me raconte ses projets professionnels. Je comprends pourquoi il était si excité au lit ce soir. Au bout d'une minute, il arrête sa voiture sur le bas-côté tout noir et coupe le moteur.

— Qu'est-ce qu'il y a ?

Il allume une petite lumière au-dessus de nous.

— Écoute-moi, Kyôko. Sans toi, ma vie est vide. Je songe même à divorcer.

J'évite de regarder son visage. Il craint que je rencontre un autre homme pendant son absence. Il saisit ma main.

— Je ne supporte pas l'idée que quelqu'un d'autre touche ton corps.

J'essaie de résister à son geste :

— Attends, j'ai quelque chose à te dire…

Soudainement il m'étreint fort et m'embrasse. Immobile, je réfléchis. Il aime les femmes et les aventures. Comment puis-je croire ses promesses mielleuses ? De toute façon, je n'éprouve aucun désir de l'épouser. Lorsqu'il se calme, je lui demande :

— Peux-tu me déposer à la station de métro la plus proche ?

— Pourquoi ?

— J'aimerais flâner un peu pour dissiper mon ivresse. Il est déjà dix heures. Ton épouse doit t'attendre.

— Elle croit que ce soir je bois avec mes collègues pour fêter mon séjour à New York.

J'insiste. À contrecœur, il redémarre.

Pendant le trajet, j'écoute son bavardage en silence. Nous arrivons à une station. Quand je descends de la voiture, il me lance un sourire affectueux :

— Le restaurant No-no-yuri t'a plu ?

— Oui, beaucoup, malgré ce nom banal. Le vin était excellent.

— Alors on y dînera de nouveau avant mon départ.

— Pourquoi pas.

Je me dirige vers la bouche de métro sans me retourner.

Un peu après minuit, dégrisée, j'arrive chez moi.

J'ai soif. Sans ôter mon manteau, je vais dans la cuisine et sors une bouteille d'eau du réfrigérateur. Je me sers un verre en observant la cuisinière électrique rarement utilisée. Sur le plan de travail à côté, il y a un micro-ondes, un grille-pain, une bouilloire, une machine à café. O. n'a jamais vu l'intérieur de mon appartement, pas plus que mes amants précédents.

J'enfile ma chemise de nuit et m'installe à la table de toilette. Je me démaquille en examinant mon visage dans le miroir. La forme de mes yeux et sourcils est harmonieuse. Comme O., j'ai les traits fins et réguliers. D'après lui, j'ai des lèvres sensuelles. Je caresse doucement ma peau lisse, sans rides ni taches.

J'ai trente-cinq ans. Personne ne me croit lorsque je le révèle. Ma sœur, de deux ans ma cadette, paraît elle aussi jeune pour son âge. C'est peut-être génétique. Néanmoins, nous sommes très différentes pour tout le reste.

Comparée à moi, elle est peu instruite et peu cultivée. En plus, divorcée et mère d'un enfant, elle vit toujours dans notre petite ville natale et ne sort guère de sa région reculée. Elle pratique la poterie. La plupart du temps, elle travaille toute seule dans son atelier. Elle ne se soucie plus de sa tenue ni ne se maquille, comme si elle abandonnait déjà sa coquetterie. Nous ne sommes pas des fleurs. Une femme ne doit pas négliger ses efforts pour s'embellir jusqu'à sa mort. Pauvre d'elle. Ni voyage, ni aventure, ni stimulation intellectuelle ! Une vie totalement vide. Quand même, je l'aime bien et j'essaie de l'encourager à profiter de son célibat avec un amant, marié ou non.

Je peigne soigneusement mes cheveux longs et lisses, comme dans une publicité de shampoing à la télé. Au travail, je les relève en chignon pour avoir l'air plus professionnelle. Cela me va aussi très bien. Je fredonne une chanson populaire américaine. Soudain, j'aperçois quelques poils blancs au-dessus de mon front à gauche. Ce n'est pas vrai… Ébranlée, je compte. Un, deux, trois… six. Je les arrache un à un.

O. les a-t-il remarqués ce soir lorsque nous faisions l'amour ? J'espère que non. Peu importe, c'est déjà fini entre nous. Je lui signifierai notre rupture à son prochain appel. Tans mieux qu'il parte bientôt pour New York. Loin des yeux, loin du cœur. Son absence de six mois l'aidera à m'oublier.

Tous mes amants étaient mariés, mais je n'ai jamais souhaité qu'ils divorcent pour moi. Au contraire, je les quittais dès qu'ils y faisaient la moindre allusion, comme O. ce soir. Cela ne changera pas. Je cherche des hommes satisfaits de leur mariage. J'évite ceux qui se plaignent de leurs épouses. Ces types répètent à leurs maîtresses : "Je te promets de me séparer de ma femme. Attends encore un peu." C'est un cliché minable. Je veux leur crier : "Quelle lâcheté ! Divorce d'abord au lieu de geindre et de faire des promesses en l'air !"

De toute façon, le mariage ou le concubinage sont hors de question pour moi. Je m'ennuie avec le même homme, avant même la fin de la première année. Simplement, j'ai besoin d'un compagnon avec qui je passe quelques heures agréables, idéalement une fois par semaine. Cela est resté une habitude depuis mes années d'études.

Je choisis des hommes qui s'habillent élégamment. Ils doivent aimer manger au restaurant. On se promène en voiture. Pour se reposer ou dormir, on fréquente généralement un *love-hotel*. On se rejoint souvent à l'étranger. Chacun paie pour soi. Pas d'échange de cadeaux. Ainsi, il n'y a aucune complication au moment des adieux. C'est un accord tacite entre nous.

J'observe de nouveau mon visage. Une légère fatigue transparaît sur mes traits. J'ai l'air d'avoir soudain pris de l'âge. Cela m'effraie. Je n'ai pas peur de la mort mais ne supporte pas de vieillir.

Je ne veux pas vivre avec une canne ni alitée. Mieux vaut disparaître avant.

Je me glisse dans mon lit. Les yeux fermés, je pense à demain. Je visiterai le quartier de Ginza. Dans mes boutiques favorites, j'achèterai un chemisier, un pantalon, de la lingerie, des accessoires. Tous mes vêtements sont de la plus haute qualité. Cela me coûte naturellement très cher, mais je ne m'en soucie pas car j'ai un bon salaire.

Je bâille. Je m'endors en m'imaginant déambulant dans une rue chic et animée.

Kotsu, kotsu, kotsu… Mes talons hauts résonnent sur le pavé. Mes longs cheveux noirs balancent au rythme de mes pas. Mon maquillage raffiné, mes vêtements de teintes sophistiquées, mon sac à main et mes escarpins en cuir ébène. Les hommes se retournent avec des regards d'admiration. Un charmant gentleman s'arrête et m'adresse un sourire séducteur. Il m'attire. Je lui parle dans ma tête : "Monsieur, vous êtes marié ? Vous menez une vie heureuse ? Si oui, vous serez mon prochain amant."

Contrairement à mes relations avec les hommes, ma carrière demeure très stable.

Depuis treize ans, je travaille chez Anderson, une société commerciale américaine, spécialisée dans les cosmétiques. Je suis entrée dans la succursale de Tokyo à la fin de mes études universitaires. Je souhaite y rester le plus longtemps possible en tant que secrétaire de direction.

Cette année, notre filiale a fêté son trentième anniversaire. Elle compte plus de quatre cents employés : la moitié Japonais et l'autre étrangers. Au début, nous distribuions exclusivement des produits occidentaux, surtout américains. Et, il y a quinze ans, nous avons établi un laboratoire pour fabriquer nos propres cosmétiques, que désormais nous vendons au Japon ainsi qu'à l'étranger. Les profits de cette division représentent trente-cinq pour cent du chiffre d'affaires.

Notre directeur s'appelle B. Smith. Il a soixante-deux ans. Cela fait vingt ans qu'il occupe ce poste.

Je suis sa secrétaire depuis mon arrivée et m'entends très bien avec lui. Il estime mes compétences et me consulte régulièrement sur des questions importantes, comme si j'étais une adjointe. Il ne confond pas vie publique et vie privée. Un homme énergique, fiable, impartial. C'est lui qui a créé la division des produits maison. Notre succursale s'est révélée l'une des plus actives de la compagnie. Je suppose que monsieur Smith gardera ses fonctions, même au-delà de ses soixante-cinq ans.

À vrai dire, Anderson n'était pas mon premier choix. J'avais d'abord postulé à un emploi à l'ambassade américaine. C'était pendant ma dernière année à l'université M. Je me spécialisais en littérature américaine et avais d'excellentes notes dans toutes les matières, surtout en anglais. Je venais d'obtenir le certificat de niveau 1 de l'*Eiken*. Le soir, je prenais des cours de secrétariat et de gestion dans une école privée. Brillante, efficace, entreprenante, je ne doutais pas d'être acceptée. Et pourtant on m'a refusée ! Ce fut un choc pour moi qui n'avais jamais subi d'échec.

Désespérée, j'ai cherché un autre travail, toujours à Tokyo. Un jour, dans un journal, j'ai été attirée par une annonce : "Cherchons secrétaire de direction bilingue. Anderson." Le salaire était plus élevé que celui de l'ambassade. J'ai immédiatement envoyé mon CV. Il y avait plus de cent candidates. Cela m'inquiétait d'autant plus que je n'avais pas d'expérience pratique. J'ai ressenti un grand soulagement lorsque j'ai reçu une réponse positive.

Dès la fin de mes études, j'ai déménagé à Tokyo avec mes affaires et l'argent que j'avais épargné en donnant des cours particuliers. Mon rêve était de vivre dans cette métropole et de voyager régulièrement à l'étranger. Je n'avais aucun regret à quitter ma petite ville natale. À cette occasion, j'ai laissé tomber mon amant marié d'alors.

La succursale m'a d'abord embauchée à l'essai pour un an. J'ai été formée par madame K., l'ancienne secrétaire de monsieur Smith. Elle venait d'être promue directrice du personnel.

Je devais tout de suite mémoriser les noms des cadres du siège social, des produits, des clients. Étant donné que son japonais était rudimentaire, monsieur Smith parlait principalement anglais. Cela me plaisait parce qu'ainsi je pourrais améliorer le mien. Les petites tâches telles que les photocopies et l'*ochakumi* étaient confiées à une autre employée et je pouvais me concentrer sur mon travail principal.

Un an a passé très vite. Mon contrat a été renouvelé de façon permanente, avec une augmentation de salaire de dix pour cent, accompagnée d'autres avantages. Lors de la signature, monsieur Smith m'a félicitée :

— Kyôko-*san*, nous sommes très contents de votre efficacité et de votre esprit d'à-propos. Nous attachons également une grande importance à l'harmonie et vous l'avez bien respectée.

Nos clients vous adorent. Le siège social et moi-même espérons que vous resterez longtemps avec nous.

Ses paroles m'ont enchantée. Le directeur a aussi loué mon anglais qui s'était beaucoup amélioré. Puis il a annoncé que désormais je l'accompagnerais dans ses déplacements à l'étranger. Cette nouvelle m'a réjouie plus encore. Ensuite, il m'a rappelé la morale au travail : on ne tolère pas les abus de pouvoir, les harcèlements et tout ce qui corrompt les bonnes mœurs. Il m'a assuré :

— Cette règle implicite s'applique aux cadres aussi bien qu'à tout employé subalterne. Si quelqu'un vous met dans l'inconfort, avertissez madame K. ou moi-même.

Depuis mon arrivée, treize années se sont écoulées sans problème. Mon anglais est maintenant parfait. Les gens de notre siège social et nos clients estiment ma façon de communiquer brève, précise et agréable. Au bureau, je respecte tout le monde et n'abuse jamais de ma position proche du directeur. Mes collègues et les jeunes employés apprécient mon attitude impartiale et coopérative.

Les relations humaines sont en général assez simples et directes. Personne ne me dérange par des questions personnelles : pourquoi je ne me marie pas, pourquoi je ne présente pas mon petit ami à mes collègues, etc. Et moi-même ne me mêle pas des affaires des autres.

Je me souviens clairement d'une conversation que j'avais eue avec madame K. pendant ma formation. La directrice du personnel m'avait raconté des anecdotes intéressantes à propos de la morale au travail évoquée par monsieur Smith.

Madame K. me dit :

— Kyôko-*san*, notre succursale a congédié trois personnes pour mauvaise conduite.

Cette révélation pique ma curiosité. Je l'interroge :

— Quelle sorte de conduite ?

— Le premier cas relevait d'un abus de pouvoir. Le chef d'une équipe surmenait ses subordonnés et rapportait que c'était lui qui faisait tout. Mais quand des problèmes survenaient, il rejetait la responsabilité sur eux. Certains en étaient tombés malades. Ils ont fini par se plaindre de lui. Monsieur Smith a immédiatement réagi.

Cela me rassure. Il y a donc une justice pour les employés.

— Ce chef d'équipe était-il japonais ou étranger ?

Madame K. tranche net :

— Ici, la nationalité n'est pas la question.

Puis elle poursuit avec le deuxième cas : deux collègues du même service entretenaient une relation en cachette. Je commente :

— Ils devaient être amoureux. Est-ce un problème ?

— L'amour d'autrui ne regarde personne, Kyôko-*san*. Mais ils étaient mariés et l'épouse de l'homme est venue au bureau. Elle a crié à la maîtresse en question : "Je sais que vous avez séduit mon mari. Je ne divorcerai jamais, je vous réclamerai des dommages et intérêts !"

Quelle stupidité ! Je n'ai jamais été montrée du doigt ainsi. Madame K. renchérit :

— Ensuite, l'époux de cette collègue ainsi accusée est aussi venu au bureau. À son tour, il a menacé l'amant : "Dans mon pays, vous seriez jeté en prison ! Vous êtes un criminel !" Nous avons été stupéfaits de ces deux scènes théâtrales.

En prison ? Malgré moi, je ris. Elle ajoute :

— Il y a des pays où on châtie les deux adultères ensemble.

— C'est incroyable. Et qu'est-il advenu de ces employés ?

— Ils ont démissionné.

— La compagnie a-t-elle le droit de congédier pour adultère ?

— Non, Kyôko-*san*. Je vous répète que les affaires personnelles ne regardent personne. Lorsque notre directeur avait entendu des rumeurs sur ces employés, il les avait avertis de surveiller leur comportement au travail. Cependant, ils ne l'avaient pas écouté, et pire, ils réglaient leurs rencontres privées sur le compte de la compagnie.

— Arrive-t-il ici qu'on soit soudainement congédié ?

— Nous sommes au Japon. Il n'existe pas de clause "Employment At-Will", comme chez les Américains. Le Code du travail japonais s'applique à toutes les organisations, même étrangères.

— "Employment At-Will ?" Qu'est-ce que cela veut dire ?

— Cela signifie essentiellement que l'employeur peut renvoyer un employé n'importe quand et sans raison et que l'employé peut démissionner de même.

— Ah bon ?

— De toute façon, il y a toujours un avertissement avant un avis de licenciement. Si on croit que le renvoi est injuste, on peut consulter un avocat et contester.

Son explication me semble claire. Je ne m'inquiète pas à ce propos. Je deviendrai une excellente secrétaire de direction, sans jamais me faire piéger aussi bêtement.

Madame K. me raconte le troisième cas :

— Une jeune fille, très belle et brillante comme vous, séduisait ses supérieurs pour obtenir des avantages. Un cadre est tombé follement amoureux d'elle. Mais lorsqu'il a découvert qu'un autre cadre couchait aussi avec elle, très jaloux et fâché, il a asséné un coup de poing à son rival.

Je m'exclame :

— Oh là là ! Ces messieurs étaient-ils mariés ?

— Eh oui. Les hommes sont souvent très naïfs et ont tendance à commettre des erreurs sottes, jusqu'au point de gâcher leurs mariages et leurs carrières.

Je pense à mes anciens amants. Elle me fixe dans les yeux :

— Kyôko-*san*, vous êtes jeune et belle, je souhaite que vous ne tombiez pas dans ce genre d'imbroglio. Si vous rencontrez des problèmes, je vous écouterai n'importe quand.

Je la remercie de ses attentions et lui pose une autre question :

— Ici, décourage-t-on les fréquentations entre employés ?

— Non, dit-elle. Bien qu'il soit un peu puritain, notre directeur n'est pas borné. Monsieur Smith s'oppose simplement aux relations malsaines au travail, comme dans ces deux derniers cas. De fait, cinq couples se sont mariés par *shanaï-ren'aï* et certains d'entre eux travaillent toujours ici.

Je déclare :

— Le *shanaï-ren'aï* ne m'intéresse pas. Je ne suis pas venue ici pour chercher un prince charmant.

Madame K. me jette un sourire espiègle :

— Qui sait ? On tombe amoureux où que ce soit. C'est un aspect de la nature humaine. D'ailleurs, ici, il y a beaucoup d'hommes attirants, mariés ou non.

Il est neuf heures du matin. Dans mon bureau, je prépare des documents que monsieur Smith signera à son retour. Il est encore en vacances à Boston avec sa femme.

Le téléphone fixe sonne. C'est L., un de mes collègues. Il me propose de déjeuner au restaurant italien d'à côté. Il fait beau, j'ai envie de sortir. J'accepte donc. Dès que je raccroche, ça sonne de nouveau. Je vois le nom de mon père. Je m'étonne. D'habitude, c'est ma mère qui me laisse des messages sur mon portable. Lorsque je tarde à la rappeler, elle s'en plaint à mon père. Lui est-il arrivé quelque chose ? Sans préambule, je demande :

— Qu'est-ce qu'il y a, papa ?

— Nous aimerions savoir si tu reviens pour le Nouvel An.

— Je pense que oui, réponds-je en jetant un coup d'œil sur un document.

— Seule ?

— Bien sûr.

— Tu n'as pas encore de petit ami ?

De quoi il parle ? Ma mère me pose sans cesse cette question futile. J'en ai assez. Et maintenant, c'est mon père qui se mêle de mes affaires ?

— Papa, je n'ai pas le temps de bavarder.

Un silence. Mon ton sec a dû le vexer. Il reprend :

— Je t'explique brièvement. Un couple que je connais bien aimerait te proposer un *miaï* avec un professeur de l'université M., où tu as étudié. Il a ton âge, jamais marié. Il habite ici, à Yonago…

Je l'interromps :

— S'il m'épouse, va-t-il déménager à Tokyo ?

— Mais non, c'est toi qui te déplaceras ici.

— Je ne veux pas abandonner mon emploi qui me plaît. Donne ce prof à ma sœur.

Mon père élève la voix :

— Kyôko, je ne parle pas d'une marchandise ou d'un cadeau ! Ce professeur souhaite que sa future femme soit instruite et cultivée comme toi. Anzu s'est arrêtée au lycée. D'ailleurs, son divorce ne date que d'un an. Elle n'est pas prête.

Je souris à l'expression "instruite et cultivée comme toi". Ma sœur manque de curiosité intellectuelle, elle ne pourrait pas être une bonne compagne pour un prof d'université. Je me rends compte qu'elle ne m'a pas appelée depuis mon dernier séjour chez nos parents.

— Comment va-t-elle ?

— Elle vient de gagner un prix national et sa boutique marche très bien.

Ça me surprend. Anzu et “national” ne vont pas ensemble. Mon père ajoute :

— Ta sœur compte te fabriquer un vase. Elle sait que tu fais des ikebanas pour le bureau de ton patron.

— C’est gentil à elle.

Je me tais un instant et demande :

— Maman va mieux ?

— Pas vraiment. Ta mère devient distraite et même intolérante. Elle commence à perdre certaines choses. Communique avec elle plus souvent, je t’en prie. Elle a hâte de te revoir.

Je sens qu’il aimerait me raconter plus de détails sur son état. Mais un appel s’affiche sur la console. Je vois le nom d’un client important. Précipitamment, je dis au revoir à mon père.

Vers dix heures et demie, ma routine matinale est terminée et je vais à la kitchenette prendre un café. Ça sent bon. Madame S. me salue amicalement. Elle me sert une tasse avec une tranche de gâteau au chocolat. C’est elle qui m’assiste pour les photocopies et l’*ochakumi* ainsi que d’autres petites tâches. Elle a environ soixante ans et travaillait déjà ici à temps partiel quand je suis arrivée. J’apprécie sa discrétion et sa politesse.

Je m’installe à la table devant la fenêtre. Le soleil brille. En buvant mon café, je contemple le paysage urbain de ce quartier moderne et immense. J’en tire une certaine fierté, comme si je me trouvais au centre du monde.

En mangeant le morceau de gâteau, je me rappelle une scène de mon enfance. J'avais six ans, ma sœur quatre – un an avant la naissance de notre frère. C'était un lundi, le lendemain de la représentation sportive annuelle de notre maternelle. Notre école étant fermée, maman nous avait amenées en train jusqu'à une ville voisine. Un après-midi aussi ensoleillé que celui d'aujourd'hui. Je revois la scène comme dans une pièce de théâtre.

Nous marchons dans une rue commerçante. Ma sœur et moi sommes enchantées des poupées que maman nous a achetées. Notre mère s'arrête devant une pâtisserie. Avant d'y entrer, elle nous ordonne :

— Attendez-moi ici. Ne bougez pas. Ne parlez à personne.

Installées sur un banc, nous nous amusons. Quelques instants après, j'aperçois de l'autre côté de la rue une voiture familière. Ah, c'est la nôtre ! Je vois papa à l'intérieur. Je crois aussitôt qu'il est venu nous chercher. La tête baissée, il ne nous remarque pas. Une femme sort de la pâtisserie avec un carton blanc. Elle se dirige vers l'auto. Qui est-ce ? Elle ouvre la portière et s'assied à côté de notre père. Les deux parlent en souriant. Puis la voiture s'en va. Je reste perplexe. Bientôt, maman nous rejoint avec un carton blanc :

— Les enfants, c'est un gâteau au chocolat. Ce soir, nous le mangerons avec papa.

Ma sœur se réjouit et lui demande :

— Où est-il allé aujourd'hui ?

— On est lundi, il travaille à son bureau comme d'habitude.

— À quelle heure rentrera-t-il ?

— À sept heures. Papa a beaucoup de choses à faire, surtout cet après-midi. Sois patiente, comme ta grande sœur.

À midi et quart, je rejoins mon collègue L. à notre restaurant habituel, populaire auprès des employés de notre compagnie. En le saluant, je remarque des visages familiers. Je commande une salade de pâtes, et lui des lasagnes végétaliennes.

Mon collègue travaille au service commercial de la division des cosmétiques maison. C'est un immigré hispanique d'une trentaine d'années, parlant un excellent japonais. Un garçon agréable, beau, intelligent et encore célibataire. Il est homosexuel. La première fois que je l'ai vu, j'ai été charmée, ne connaissant pas encore son orientation sexuelle. Son indifférence envers moi m'a d'abord vexée. Néanmoins, je lui ai trouvé un talent de bon interlocuteur et je suis devenue son amie.

Nous bavardons joyeusement de nos projets de vacances. Comme notre société est américaine, nous profitons des deux semaines de congé, qui durent jusqu'au 3 janvier. L. skiera quelques jours dans une préfecture voisine puis recevra la visite de sa mère. Quant à moi, je voyagerai une semaine en Autriche, principalement à Vienne où j'ai une amie. Après quoi, j'irai chez mes parents à Yonago.

Soudain, L. baisse la voix :

— Kyôko, j'ai entendu une triste rumeur à propos de notre directeur.

— Monsieur Smith ?

Il hoche la tête, l'air embarrassé. Je lui rappelle que mon supérieur a pris six jours de congé et qu'il sera de retour demain au bureau. Mon collègue me répond :

— Ça, je suis au courant, mais…

— Je n'aime pas entendre de potins sur lui.

— Pas du tout ! C'est un homme respectable.

— De quoi s'agit-il alors ?

L. regarde autour de nous et me chuchote :

— Monsieur Smith prendra sa retraite très bientôt.

Je m'écrie, malgré moi :

— Quoi ?! Qui t'a dit ça ?

— Chut !

La voix toujours baissée, il me raconte que sa femme a une maladie incurable et que monsieur Smith veut s'occuper d'elle, à Boston, où leurs enfants vivent. Je réfléchis, décontenancée. En général, mon patron reste discret au sujet de sa vie personnelle, mais je trouve ça un peu exagéré. Je murmure :

— Qui remplacera monsieur Smith… peut-être le directeur adjoint ?

L. réagit d'un ton ironique :

— Monsieur Green ? Je ne pense pas.

Le vrai nom du directeur adjoint est D. Glenn. Cependant, on l'appelle monsieur Green parce qu'il porte tout le temps quelque chose de vert, notamment des cravates. Il occupe son poste actuel depuis sept ans et se charge principalement de la communication externe de la division des cosmétiques maison, créée par monsieur Smith. C'est un homme beau et charmant. Je commente :

— Monsieur Green comprend très bien le japonais et parle avec un excellent accent. Il adore notre culture. Cela plaît beaucoup aux clients.

L'air mécontent, L. réfute :

— Entre nous, Kyôko, il est populaire mais n'a pas l'étoffe d'un directeur. Par ailleurs, il se froisse facilement tant il est imbu de lui-même. Il est très jaloux du succès de monsieur Smith.

— Pourquoi es-tu si négatif envers lui ?

— Il déteste les homosexuels.

— Ah bon ?

— Monsieur Smith paraît austère. Néanmoins il ne juge pas selon la race, la nationalité, ou la sexualité. Mais pas ce monsieur Green. Je l'évite tant que je peux.

— C'est dommage.

Il ajoute :

— Ça te concerne toi aussi, Kyôko.

J'écarquille les yeux :

— Moi aussi ? Pourquoi ?

— Il croit que tu es lesbienne.

— Comment ça ? D'où le tiens-tu ?

— De son assistante, mademoiselle N.

Il s'agit d'une jeune employée, que j'ai aidée à ses débuts. Elle parle bien l'anglais mais encore difficilement le japonais. J'interroge L. :

— Et tu y crois ?

— Non. La sexualité de quiconque ne m'intéresse pas. Mais s'il devient directeur, il choisira quelqu'un d'autre que toi comme secrétaire. Sois prête à cette éventualité, Kyôko.

Je n'en crois pas mes oreilles. Je n'ai jamais imaginé perdre ce poste. Je lui réponds en me donnant une contenance :

— Merci de ton conseil. Mais on n'est pas sûr pour la retraite de monsieur Smith. Il faut attendre son annonce officielle.

L. me corrige :

— Non, celle du siège social.

Je suis de retour dans mon bureau.

Je réfléchis à la rumeur qui court sur monsieur Smith. Mon collègue m'a révélé sa source à mon insistance. C'était encore mademoiselle N., l'assistante de monsieur Green. Je me sens étrange. Pourquoi le directeur adjoint ne m'en a-t-il pas d'abord informée ? N. ne sait pas tenir sa langue. Pourtant, si son supérieur devient le chef de notre succursale, la choisira-t-il comme secrétaire ? Je commence à perdre mon calme.

Le téléphone sonne. Madame K., la directrice du personnel, me demande :

— Kyôko-*san,* pourriez-vous venir dans mon bureau ? C'est à propos de monsieur Smith.

Ça y est. Je ressors aussitôt. Je vais apprendre ce qui se passe vraiment.

Madame K. m'accueille d'un air triste. Feignant l'ignorance, je l'interroge :

— Quelque chose lui est arrivé ?

— Oui, malheureusement. Sa femme souffre de sclérose en plaques. Elle subit des examens à Boston.

Mon collègue ne savait pas de quelle maladie il s'agissait. Je murmure :

— Pauvre madame Smith…

— Monsieur Smith reviendra début janvier. Avant son retour, il se rend au siège social à New York pour discuter de son avenir.

— Son avenir ? Il va prendre un long congé ?

— Ça, je n'en sais rien pour le moment.

Je suis soulagée que les informations de L. ne soient pas tout à fait exactes. Elle ajoute :

— Au besoin, monsieur Glenn se chargera de l'intérim.

— Monsieur Green ?

— Oui. Ne vous inquiétez pas, Kyôko-*san*. Il est très gentil et aimable.

Je ne réagis pas. Puis elle me donne une nouvelle inattendue. Elle va démissionner dans un an et déménager en Nouvelle-Zélande avec son mari. J'oubliais qu'elle a presque soixante ans.

— Qui vous succédera ?

— C'est trop tôt pour en parler. Mais j'aimerais bien vous recommander comme directrice adjointe du personnel.

Cette idée me surprend. Non, ce poste ne m'attire pas. Rester coincée dans un bureau toute la journée ne convient pas à mon tempérament. Madame K. me sourit comme si sa proposition me plaisait. Elle renchérit :

— Vous deviendriez sans doute directrice du personnel à mon départ. Si vous acceptez, je pourrai vous former dès janvier. Pensez-y.

Je ne sais que répondre. Je soupçonne qu'on envisage de donner mon poste actuel à quelqu'un d'autre. En réalité, la succursale vise de plus en plus les marchés chinois et russe avec nos cosmétiques maison. Il serait donc préférable que la secrétaire parle ces langues, en plus du japonais et de l'anglais. Ignorant mon trouble, madame K. lance joyeusement :

— Vous maîtrisez parfaitement vos fonctions. Votre conduite est vraiment exemplaire. Pas de scandale. Je vous félicite pour tout cela, Kyôko-*san* !

C'est le 1er janvier. Revenue de mon voyage en Autriche, je séjourne chez mes parents à Yonago depuis trois jours.

Ce soir, toute ma famille se réunit ici pour le dîner : ma sœur divorcée, son fils, notre frère cadet et sa femme ainsi que leurs deux fillettes. Les enfants sont ravis de mes cadeaux de Vienne. Comme à chacune de mes visites, tout le monde me bombarde de questions sur mes voyages. Normalement, je réponds avec enthousiasme, mais cette fois-ci, je ne réagis pas beaucoup. Je suis angoissée par la proposition de madame K.

À la fin du dîner, ma sœur Anzu m'invite à l'accompagner demain à son atelier de campagne. Elle doit rapporter des vases terminés à sa boutique en ville. Son fils sera chez son père, ajoute-t-elle. Je préférerais me balader au centre-ville. Malheureusement, les magasins et les cafés sont tous fermés. Comme je n'aime pas demeurer coincée ici, entre mes parents toute la journée, j'accepte son invitation pour tuer le temps.

Le lendemain après-midi, Anzu vient me chercher dans sa fourgonnette. Elle porte une tenue de fermière. Je la taquine :

— Tu n'as aucun style. Comment pourrais-tu attirer un homme ?

Sans être embarrassée, elle plaisante :

— Je n'ai personne à séduire à la campagne. Je ne vois que des petits animaux sauvages, qui d'ailleurs me plaisent plus que les humains.

Quelle mentalité ! Elle mène vraiment une drôle de vie.

La voiture démarre. Nous bavardons. Il est rare que nous sortions seules ainsi. Elle parle du *miaï* que nos parents me proposaient : un mariage avec un professeur de l'université M. Elle me demande pourquoi j'ai refusé ne serait-ce que de le rencontrer. Je lui réponds que le mariage ne m'intéresse pas, surtout par *miaï*. J'ajoute :

— Je n'ai aucun désir de revenir dans cette petite ville. Même si le candidat est beau et riche.

— Qui sait ? Si tu avais un coup de foudre pour un homme, tu le suivrais n'importe où.

— J'en doute, à moins qu'il vive à Tokyo. Et toi ? Tu pourrais te déplacer à cause du métier de ton mari ?

— Oh non ! Je suis déjà mariée à mon art, comme tu me le répètes. Ici, j'ai tout ce dont j'ai besoin pour mon travail.

Ma sœur n'a pas l'air très affectée par son divorce. Ou bien fait-elle semblant ? Son ex était coureur et dépensier. Peu après leur mariage, il a reçu un bon héritage de son père. Je lui ai présenté une de mes connaissances qui cherchait alors un associé. Il s'est aussitôt enthousiasmé de ce projet. Il s'est épris follement de moi et a commencé à fréquenter Tokyo pour me voir, en prenant son travail comme prétexte. Ce que ma sœur ignore toujours. De toute façon, ce n'était pas un bon amant, sans doute le pire que j'ai jamais eu.

Anzu reprend d'un ton moqueur :

— Nous sommes deux filles ratées. Une mère divorcée et l'autre "old-miss". Je plains nos parents !

Je m'écrie :

— "Old-miss" ?! Je ne savais pas qu'une telle expression existait encore. Absurde ! Ce n'est même pas du vrai anglais.

— Maman l'utilise quand elle parle de toi. Comment dit-on alors ?

— Peut-être "old maid" ou "spinster". Mais ces mots ont une nuance insultante et impolie. On les évite normalement.

— Ah bon ?

— Comme moi, les femmes modernes désirent rester célibataires et indépendantes. Je te félicite pour ton divorce, Anzu !

Ma sœur me jette un coup d'œil significatif. Je détourne le regard. À ce moment-là, je ne sais pas pourquoi, me revient la scène où nous attendions maman devant la pâtisserie. Je poursuis :

— Nous sommes des ratées aux yeux de nos parents. Mais, à mon avis, ils n'ont pas été un bon modèle non plus.

— Pas un bon modèle ? Comment cela ?

— Ils n'ont jamais été vraiment proches l'un de l'autre.

Je revois le visage de maman sortant de la pâtisserie. La voiture de notre père n'était plus là. Ma sœur réfute :

— Kyôko, il y a de la reconnaissance entre eux, notamment du côté de papa. Maman a pris soin de ses beaux-parents jusqu'à leur mort sans se plaindre. Vivre en couple si longtemps sans problème majeur est déjà incroyable. Regarde-moi, mon mariage n'a pas duré dix ans.

— Ton ex n'était pas le bon. Tu aurais dû le quitter plus tôt.

— Tu as raison. Il me trompait et s'absentait sans cesse de la maison. En pratique, nous n'avons été ensemble que six ans tout au plus.

Je l'écoute en silence. Elle me demande :

— As-tu quelqu'un de spécial en ce moment ?

— Non. Je viens d'en quitter un.

— J'espère qu'il n'était pas marié.

Sa voix sonne ironique. Elle connaît mes habitudes. Je réponds franchement :

— Si, il l'était, père d'une adolescente. Après six mois, il m'ennuyait comme les autres. Heureusement, il est parti à New York pour son travail.

Ma sœur s'exclame :

— Tu resteras célibataire toute ta vie !

Par la fenêtre, j'observe le paysage familier. Rien a changé depuis mon enfance : champs, montagnes, rivière, arbres, vieilles maisons… Je ne peux pas m'imaginer revenir vivre dans cette région reculée.

Je bâille constamment. J'ai hâte de retourner à Tokyo. Cependant, l'incertitude quant à ma carrière me pèse de plus en plus. Je ne veux absolument pas perdre mon poste actuel.

Nous arrivons à la cabane où ma sœur fabrique ses poteries.

Ça fait des années que je n'ai pas visité cet endroit, qui appartenait à notre grand-père. J'y entre en veillant à ne pas salir mes souliers et mon pantalon neufs. L'intérieur, entièrement rénové, comporte deux petites salles tatami, où elle, son fils et nos parents dorment lors des *kamataki.* Dans un coin sont entassés des sacs de glaise. Sur de grandes étagères adossées aux murs, des créations en terre attendent la cuisson.

Ma sœur me montre une vingtaine de vases d'ikebana achevés, alignés sur une longue table en bois. J'examine les couleurs rougeâtres, naturelles, raffinées. Elle a beaucoup amélioré sa technique. Je ne connais pas la poterie mais peux en ressentir la valeur. Elle me tend l'un de ses ouvrages :

— Un cadeau pour toi, Kyôko. Tu t'en serviras pour le bureau de ton patron.

Je refuse aussitôt :

— Oh, non ! Tu es trop généreuse.

— Mais non. Chaque année tu apportes des souvenirs à mon fils. C'est pour te remercier.

Je pense à madame Smith, la femme de notre directeur. Je propose à ma sœur :

— Je l'achète. J'ai une amie américaine qui pratique l'ikebana. Elle souffre d'une maladie incurable. Je le lui offrirai.

— D'accord, mais à prix réduit.

— C'est donc décidé.

Je regarde le dessous du vase où est écrit le prénom Anzu en *kanji*, 杏子. Il y a aussi des mots anglais, "Lily of the field". Cela m'étonne. Pourquoi n'a-t-elle pas choisi des mots japonais ? Je commente :

— Ces mots proviennent-ils de l'Évangile ? J'ai étudié en cours de littérature américaine les deux Testaments, l'Ancien et le Nouveau.

— Oui, Kyôko. Avant de partir pour Tokyo, tu avais laissé chez nos parents deux exemplaires de la Bible, versions anglaise et japonaise. Par curiosité, j'ai lu la japonaise en entier.

Stupéfaite, je fixe son visage naturel. Je ne l'ai jamais imaginée capable de lire toute la Bible. Elle reprend :

— Je garde encore en tête des passages, notamment de l'Ancien Testament : "Je suis la rose de Sharon, le lys des vallées. Comme le lys entre les ronces…"

Elle récite des phrases que j'ai oubliées. Puis elle ajoute :

— J'ai beaucoup aimé ce passage de l'Évangile de Matthieu : "Pourquoi vous inquiéter au sujet du vêtement ? Considérez comment croissent les lys des champs…" Au début, je comptais inscrire en japonais : 野の百合 – *no-no-yuri*. Mais étant donné ton emploi, j'ai finalement choisi la version anglaise, "Lily of the field".

À ce moment-là, je me rappelle le restaurant No-no-yuri où j'avais dîné avec O., mon dernier amant. Une drôle de coïncidence. Ma sœur me sourit :

— J'espère que ce vase d'ikebana plaira à ton amie américaine.

— Elle l'adorera, c'est certain.

Anzu enveloppe ses ouvrages avec du papier journal et les range dans des boîtes en carton. Je n'aimerais pas séjourner longtemps dans un endroit si isolé. Comment supporte-t-elle de travailler dans une telle solitude ? C'est dommage, aussi, d'abandonner sa féminité. Pourtant, malgré mes sentiments négatifs, je ressens une jalousie sourde envers son art.

Ma sœur me demande sans interrompre sa tâche :

— Vas-tu poursuivre chez Anderson ?

Cette question m'ébranle. Elle ne sait pas ce qui se passe à ma compagnie. Je rétorque en feignant la gaieté :

— Bien sûr que oui ! Pourquoi ?

Elle ferme une boîte en carton et répond :

— Tu parles couramment l'anglais, tu connais toutes les grandes villes étrangères, tu t'intéresses à la mode. Des fois, je t'imagine devenir une femme d'affaires dirigeant une agence de traduction, de tourisme, ou bien une boutique de vêtements…

Mes parents me conduisent à l'aéroport de Yonago, d'où je m'envolerai directement pour Tokyo. Nous arrivons à l'aérogare. Quand je descends de la voiture, ma mère me tend un sac de mets qu'elle m'a préparés ce matin. En sortant ma valise du coffre, mon père me lance :

— Alors, on t'attend pour le *Bon* !

L'air mécontent, ma mère insiste :

— Kyôko, tes absences de six mois sont trop longues. Il n'y a qu'une heure en avion entre ici et Tokyo. Tu pourrais revenir plus souvent, au lieu de partir en vacances à l'étranger.

Elle répète la même chose à chacune de mes visites. Cela m'irrite. Puis elle reparle de mon refus d'un *miaï* avec le professeur d'université. Elle se lamente :

— Quel dommage ! Tu as raté une bonne occasion.

Ça y est. Je fais la moue. Elle ne s'arrête pas :

— Tu ne pourras pas conserver ton poste à jamais. Quand tu le quitteras, tu reviendras ici tout de suite, d'accord ? Notre maison est maintenant trop grande pour nous deux, tu pourrais vivre avec nous.

Je ne réagis pas. Mon père prend son parti :

— Tu seras toujours la bienvenue. Notre région est riche en nature avec un air pur. Notre ville tente d'inciter des gens à vivre ici, surtout de jeunes couples avec des enfants. Nous connaissons des Tokyoïtes qui ont emménagé ici après la catastrophe de Fukushima. Ils semblent très heureux depuis.

Ma mère ajoute :

— Tu dois penser à ta santé d'abord.

Je ne prête pas attention à leurs bavardages. Quand ils cessent enfin, je leur dis au revoir et m'éloigne vers le hall d'entrée.

Après les formalités d'embarquement, j'entre dans une salle d'attente.

Il y a beaucoup de Chinois et de Coréens. Cet aéroport constitue également une escale pour les vols en provenance de Séoul, Hong Kong et Shanghai. L'aérogare est désormais spacieuse et moderne, mais pour moi il restera toujours provincial. Installée devant la baie vitrée, j'observe des avions de petite et moyenne taille se déplacer lentement sur le tarmac.

Je songe à madame K. Je ne veux absolument pas qu'on m'affecte au bureau du personnel. Si je ne peux pas conserver mon poste, il vaut mieux chercher un emploi ailleurs. Néanmoins, je m'inquiète en raison de l'incertitude d'en obtenir un dans une autre entreprise américaine avec un aussi bon salaire.

Ma sœur m'imagine devenir femme d'affaires. À vrai dire, je pense souvent à ouvrir une boutique de vêtements féminins. J'ai l'œil exercé et un goût sûr pour la haute couture. Quand je voyage à l'étranger pour mon travail, j'en profite pour visiter les magasins de mode dans les endroits chics des grandes villes. Je me vois bien donner des conseils à quelque dame richissime.

Je réfléchis. Ma boutique devrait se situer bien sûr dans un quartier huppé de Tokyo, comme celui de Ginza. Ne disposant pas des fonds nécessaires pour acheter ou louer un local, j'ai besoin d'un investisseur. Un amant, même marié, est hors de question. Je ne veux pas être considérée comme la maîtresse. Il s'agit d'affaires sérieuses. Nous serions associés et embaucherions des assistantes…

Je reviens à moi en réalisant que la cogestion n'est pas aisée. On pourrait l'apparenter à la vie en couple. De nombreuses faillites sont causées par des divergences de points de vue et de caractères. Ce sera d'ailleurs bientôt le cas pour l'entreprise de l'ex-mari de ma sœur. Selon son associé, ça ne va pas bien avec lui et il compte revendre ses actions.

On annonce le départ du vol pour Tokyo, d'abord en japonais puis en anglais et en coréen. Les passagers commencent à quitter la salle d'attente. Je les suis lentement. À ce moment-là, j'entends une voix d'homme.

— Kyôko-*san*.

Je me retourne. À mon grand étonnement, c'est l'adjoint de monsieur Smith. Il porte un foulard vert. Je m'exclame :

— Monsieur Green ! Pardon, monsieur Glenn.

Il réagit amicalement :

— Appelez-moi monsieur Green comme tout le monde. Nos clients me connaissent par ce sobriquet, en tout cas.

À la différence de notre directeur, il parle couramment le japonais. Il me sourit :

— Quelle surprise de tomber sur quelqu'un de notre compagnie !

— Oui, surtout dans ce petit aéroport.

Il rit. Nous nous adressons nos vœux pour la nouvelle année. Ensuite, nous nous dirigeons ensemble vers la porte d'embarquement. On annonce l'arrivée à Tokyo à dix-neuf heures, comme prévu. Nous remarquons que nos sièges se trouvent loin l'un de l'autre. Monsieur Green me demande :

— Nos bureaux ouvrent demain déjà. Avez-vous passé de bonnes vacances ?

— Oui. J'ai voyagé une semaine en Europe, puis j'ai fêté ici le Nouvel An avec ma famille. Et vous ?

— Je suis d'abord allé à Séoul voir mon fils. Après, j'ai visité Tsuwano.

— Votre fils ?

Il m'explique que son ex-femme est coréenne, qu'ils s'étaient mariés au Japon et que, depuis leur divorce, elle et leur enfant vivent en Corée. Son ouverture me surprend. Il a l'air très différent de monsieur Smith. Un instant, je me rappelle les paroles de mon collègue L. : "Monsieur Green déteste les homosexuels. Il te croit lesbienne."

De nouveau, monsieur Green m'interroge :

— Êtes-vous pressée de rentrer chez vous ?

Intriguée, je réponds :

— Pas vraiment. Pourquoi ?

— J'aimerais vous inviter dans un bar de l'aéroport de Haneda.

J'hésite une seconde et accepte. Content, il ajoute :

— En fait, je cherchais une occasion de vous parler. J'ai des questions importantes à vous poser.

— À quel propos ?

— Notre directeur, monsieur Smith. Êtes-vous au courant de la maladie de sa femme ?

— Oui, la directrice du personnel m'en a informée avant les vacances.

— Alors ce sera facile pour moi d'aborder le sujet.

Nous montons dans l'avion. Il me quitte pour rejoindre son siège au fond.

Le vol débute. Assise côté hublot, j'observe ma ville natale s'éloigner. Enfin ! Une semaine à Vienne, deux jours à Tokyo puis cinq jours chez mes parents. Inquiète pour la suite de ma carrière, je n'ai pas beaucoup joui de mes vacances.

Je pense à monsieur Green. C'était drôle de tomber sur lui ici. D'après madame K., il se chargerait au besoin de l'intérim pendant l'absence de monsieur Smith. Sait-il qu'elle m'a proposé de devenir directrice adjointe du personnel ? Quelles questions veut-il me poser à propos de notre directeur ? Je sens mon esprit s'agiter.

À l'aéroport de Haneda, monsieur Green et moi entrons dans un bar-restaurant.

Installés au comptoir, nous commandons un scotch pour lui et un vin rouge pour moi. Il raconte son voyage à Tsuwano en me montrant des photos sur son portable. L'une d'entre elles est de l'église catholique, bâtie originairement par un prêtre allemand puis reconstruite à la suite d'un incendie. Il loue l'intérieur.

— Regardez, Kyôko-*san.* Au lieu de bancs, on a mis des tatamis. On prie ici assis à la japonaise. C'est simple, pratique et élégant.

Par politesse, je l'examine. Je connais cette église. Je l'avais visitée avec un amant, que j'ai laissé tomber à l'occasion de mon déménagement à Tokyo. Monsieur Green me laisse voir aussi des photos de son fils à Séoul. Il parle de nouveau de son ex-femme. Puis il me demande :

— Avez-vous un petit ami ?

Quelle question ! Interloquée, je vois ses yeux qui pétillent de malice. Cet aimable directeur adjoint sonde-t-il ma sexualité ? Je réponds :

— Non, pourquoi ?

— Il est difficile d'imaginer qu'une femme d'une beauté aussi remarquable que la vôtre reste célibataire.

Ces paroles m'évoquent O., qui séjourne maintenant à New York. Je souris :

— Vous me flattez, monsieur. À vrai dire, je viens de me séparer d'un homme.

J'ai mis exprès l'accent sur "homme". Il me dit être désolé, mais son regard exprime le contraire. Est-il rassuré ? Il me questionne :

— Quand avez-vous rompu ?

— Peu avant ces vacances. À présent, il travaille aux États-Unis.

— Il est américain ?

— Non, japonais.

— Que fait-il ?

— Il est ingénieur informaticien.

— Donc un salarié ?

— Oui.

Je le trouve en effet très différent de monsieur Smith, qui pose rarement des questions personnelles. Trop pris, celui-ci n'a pas le temps de se mêler des affaires des autres. Même s'il connaissait ma relation avec un homme marié, il ne s'en préoccuperait pas, tant que ça se passe hors du travail. Je taquine monsieur Green :

— Si vous continuez ainsi, je vous interrogerai pareillement.

— Allez-y alors ! Il n'y a rien de spécial dans mon cas.

Il commande déjà un autre scotch. Il doit bien supporter l'alcool. Je mange quelques amuse-gueules avec mon vin. Il me raconte son mariage raté. Je l'écoute en interjetant : "Ah bon ?", "C'est vrai ?", "Incroyable !". Quand il s'arrête enfin, je lui demande :

— Pourriez-vous entrer en matière maintenant ?

Il me regarde avec un demi-sourire :

— Vous réagissez comme une Américaine, moi comme un Japonais. Vous êtes directe, et moi le contraire.

Je ris à cette ironie. Il aborde enfin le sujet. Il m'apprend que monsieur Smith a déjà décidé de démissionner et que le siège social lui cherche un successeur. Je m'en doutais. Calmement, je lui demande :

— Alors, nous allons recevoir quelqu'un de New York ?

— Ça, c'est la question.

Je perçois sur son visage une timidité. Après quelques secondes, il annonce d'un ton hésitant :

— Le siège social m'a invité à me porter candidat.

J'écarquille les yeux. Malgré moi, je m'exclame :

— C'est une bonne nouvelle ! Félicitations, monsieur Green !

Encouragé par ma réaction positive, il tente de s'en assurer :

— Vous dites ça sérieusement ?

— Certainement ! Nos clients japonais vous aiment, car vous respectez notre culture et parlez très bien notre langue.

Il me remercie en affichant sa satisfaction. Mes commentaires n'ont pourtant rien à voir avec son aptitude à diriger l'entreprise. Il a l'air un peu naïf. Je l'interroge :

— Quand avez-vous été sollicité ?

— Un jour avant les vacances. Je dois leur répondre demain.

— Vous allez accepter ?

— Cela dépend de vous, Kyôko-*san*.

— Dépend de moi ?

Il acquiesce de la tête et reprend :

— Madame K. envisage de vous donner le poste de directrice adjointe du personnel. Serez-vous contente de cet arrangement ?

Je comprends ce qu'il veut me suggérer. Bien sûr que l'idée de madame K. ne me plaît pas. Mais je réponds en me contrôlant :

— Si l'on décide ainsi, je n'aurai pas le choix. Et le nouveau directeur, quel qu'il soit, choisira lui-même sa secrétaire, comme monsieur Smith m'a choisie. Un directeur et sa secrétaire doivent parfaitement s'accorder.

Monsieur Green hoche la tête. Il me fixe :

— Alors, si je deviens directeur, voudrez-vous travailler pour moi ?

Je regarde son visage. La tournure "travailler pour moi" ne me plaît pas, mais ce n'est pas le moment de raisonner.

— Ce serait mon plaisir, monsieur. J'ai plus de treize ans d'expérience. Sous votre direction, tout ira très bien, j'en suis sûre.

Ses yeux s'illuminent de nouveau. Il déclare :

— Bon, c'est clair pour vous. Alors, si le siège social me nomme directeur, je vous prends comme secrétaire. J'enverrai ma candidature demain matin.

— Bonne chance, monsieur Green.

Il sourit, l'air très content :

— Je compte sur vous, Kyôko-*san*.

Il pose sa main doucement sur la mienne, puis la saisit avec force.

Rentrée chez moi, je dépose d'abord les mets préparés par ma mère dans le réfrigérateur, puis je vide ma valise. Le vase que j'ai acheté à ma sœur est déjà enveloppé avec un papier de soie. Je le donnerai tel quel à monsieur Smith.

Il est presque dix heures. Je n'ai pas sommeil du tout, encore exaltée par cette soirée avec monsieur Green. Pour me calmer, je prends un bain. Et, un peu avant minuit, je me couche enfin. Ah, quel soulagement ! Détendue, j'ouvre un roman que j'ai commencé à lire dans un hôtel en Autriche au début des vacances. Je me rends compte combien j'ai subi le stress pendant ces deux semaines.

D'après madame K., mon salaire serait égal à l'actuel si je devenais directrice adjointe du personnel. Mais, pour moi, ce n'est pas seulement une question de salaire. J'aime rencontrer des clients à l'étranger, communiquer avec le siège social, organiser des réunions, préparer des documents en anglais.

Et voilà ! Tout semble aller au mieux pour moi désormais. Madame K. devait savoir que monsieur Green était un candidat possible au poste de directeur et qu'il l'obtiendrait probablement. Cependant, elle ne prévoyait pas qu'il voudrait me garder comme secrétaire. Elle sera étonnée lorsqu'elle l'apprendra.

La différence de caractère entre messieurs Green et Smith me frappe toujours. Ce dernier est direct et clair. Il n'y a pas d'ambiguïté ni de détours quand il parle. Cela facilite le travail des subordonnés. Il ne se préoccupe pas de sa popularité.

En revanche, monsieur Green est doux mais double et se soucie des apparences. Quant à ses compétences, mon collègue L. a probablement raison : il n'a pas le calibre d'un directeur. Néanmoins, il s'implique beaucoup dans la division des cosmétiques maison, qui marche très bien. C'est sans doute pour cela que le siège social a pensé à lui. S'il ne convient pas, il sera simplement renvoyé. Après tout, il n'est qu'un employé comme les autres.

Monsieur Green est drôle. Je souris en songeant à ses questions sur "mon petit ami". Avant d'aborder le sujet important, il m'a longuement parlé de son voyage à Tsuwano et à Séoul puis de son ex-femme coréenne. Il essayait timidement de savoir si j'étais "normale" selon ses critères. Si j'avais été lesbienne, m'aurait-il quand même proposé d'être sa secrétaire ? Peu m'importe maintenant. Ce qui est certain, c'est qu'il a besoin de moi et que je veux garder mon poste. Tout ira bien entre nous.

Il est déjà une heure et demie. En bâillant, je repose sur la table de chevet le roman dont je n'ai lu que quelques lignes. J'éteins la lampe.

Aujourd'hui, c'est le premier jour de travail de la nouvelle année.

J'ai failli laisser passer l'heure ce matin. Après avoir avalé quelques bouchées des mets préparés par ma mère, je quitte mon appartement avec le sac en papier contenant le vase d'ikebana. Il neige. Je me hâte vers la station de métro.

Au bureau, tout en s'échangeant leurs vœux, mes collègues parlent de la démission de notre directeur. Personne ne sait encore qui sera son successeur. Alors j'évite de bavarder avec eux.

Je me rends à la réception chercher les lettres arrivées pendant les vacances. Au même moment, monsieur Smith sort d'un ascenseur avec une valise à roulettes. Je le salue et lui exprime ma sympathie pour sa femme malade. Il me remercie et s'excuse de sa longue absence. Puis il entre dans son bureau.

Je lui apporte un classeur.

— Voici quelques papiers à signer.

Monsieur Smith agite sa main :

— Non, Kyôko-*san*, ce n'est plus moi qui signe.

— Vous êtes encore directeur.

— Oui, contractuellement. Mais après avoir donné ma démission, j'ai pris un mois de congés payés. Je suis venu ici saluer les employés et ramasser mes affaires personnelles.

Cela m'étonne. Je constate qu'il a déjà emporté, je ne sais quand, la plupart de ses effets. Il enlève ses photos de famille qui étaient posées derrière le téléphone et les glisse dans sa valise. J'ose le questionner :

— C'est vous qui avez recommandé monsieur Green, pardon monsieur Glenn, pour votre poste ?

L'air ébahi, il me fixe un instant. Puis il me répond :

— Non, ce n'est pas moi. Pourquoi ?

— Monsieur Glenn m'a demandé de demeurer comme secrétaire, si le siège social le nommait directeur de la succursale.

Ses yeux s'ouvrent grand.

— Quand ça ?

— Hier. Je l'ai croisé à l'aéroport de Yonago. C'était totalement imprévu.

Son regard devient interrogatif. Il reprend :

— J'ai suggéré à madame K. de vous donner le poste de directrice adjointe du personnel. J'espérais que vous deviendriez directrice après sa démission.

— Merci pour cette considération. Mais j'ai déjà accepté la proposition de monsieur Glenn. Comme vous le savez, j'aime beaucoup mon métier.

Il murmure :

— Je comprends…

Je le remercie pour son excellente direction, ainsi que la confiance qu'il m'a témoignée. Son expression s'adoucit. Il me dit :

— J'aurais pu vous recommander pour mon poste. Pour moi, vous étiez ma partenaire.

— Vous exagérez, monsieur !

— Kyôko-*san,* ce fut un grand plaisir de travailler avec vous. Au cours des années, vous avez acquis de très solides compétences. Votre anglais est excellent. Vous pourriez obtenir un emploi similaire aux États-Unis. Si j'étais au siège social, je vous embaucherais là-bas.

Ces paroles me touchent. Il m'encourage :

— Alors, bonne chance avec votre nouveau patron !

Je le remercie à nouveau. Il m'explique que madame K. organise demain un dîner d'adieu et qu'il retourne à Boston dans deux jours. Aussitôt, je vais dans mon bureau et reviens avec la boîte en carton. Je lui tends :

— C'est pour votre femme.

— Qu'est-ce que c'est ?

— Un cadeau de sympathie. Madame Smith adore l'ikebana. J'ai acheté un vase à une céramiste de Yonago. J'espère que ce présent lui plaira.

Il le reçoit, l'air très ému :

— Ah, quelle attention de votre part ! Helen pratique tous les jours l'ikebana, l'activité artistique la plus importante pour elle. Elle sera ravie. Merci, Kyôko-*san*.

Monsieur Smith ressort de sa valise une vieille photo en couleur encadrée. Dessus, sa femme se tient au pied d'un orme. Elle porte une robe d'été simple. Elle a les cheveux blonds, les yeux bleus, la peau très blanche.

— Helen avait trente-cinq ans, comme vous maintenant. C'était l'année où nous nous sommes rencontrés. Ce fut un coup de foudre réciproque.

Cette révélation me surprend. Il poursuit :

— J'étais divorcé sans enfant, et elle, mariée, mère de deux adolescents. Nous travaillions dans une entreprise de médicaments à Boston. Elle était mon assistante.

Il a donc épousé sa subordonnée. Cela m'étonne encore. J'ignorais qu'il n'avait pas d'enfants à lui. Il enchaîne :

— Nous restions très discrets et personne ne connaissait notre relation. Deux ans plus tard, elle a divorcé de son mari. C'était l'année où leur cadet a déménagé en Angleterre pour ses études. Nous nous sommes enfin mariés. J'avais déjà trouvé un nouvel emploi au siège social d'Anderson. Helen m'a suivi à New York, puis à Tokyo.

Je l'écoute sans un mot. Sa femme a changé de vie après un coup de foudre ? C'est fou. Une telle chose ne m'arrivera jamais. Monsieur Smith me parle de sa maladie. On ne sait pas combien d'années elle survivra, deux ans, cinq ans, dix ans, ou plus. Malgré sa tristesse, il plaisante :

— Helen vivra peut-être plus longtemps que moi !

Déconcertée, je baisse les yeux. Il me sourit :

— N'ayez pas pitié de moi, Kyôko-*san.* Je suis très heureux de rester auprès d'elle. Nous sommes toujours amoureux. Cela n'a pas changé depuis notre première rencontre. Nous vivrons désormais uniquement pour nous, enfin.

Je regarde encore la photo de son épouse, qui me paraît bien ordinaire. Comment peut-elle être si spéciale pour un homme aussi dynamique et estimé que lui ? Monsieur Smith n'a jamais tenté de me courtiser.

Il me serre la main :

— Quand vous irez à New York, passez nous voir à Boston. Si vous avez un petit ami, n'hésitez pas à l'amener. Ce sera notre grand plaisir, Kyôko-*san.*

C'est le lundi de la troisième semaine de janvier. Aujourd'hui, monsieur Green prend officiellement ses fonctions de directeur de la succursale.

Je me réveille plus tôt que d'habitude. Après ma douche, je prends mon petit-déjeuner habituel : croissant, salade de fruits, yaourt et café. Je ressens une émotion fébrile. Monsieur Green a quarante-cinq ans, dix-sept de moins que son prédécesseur. Il est grand et beau. Je revois madame K. surprise apprenant qu'il m'avait nommée secrétaire. Elle a dû proposer quelqu'un d'autre pour le poste de directeur adjoint du personnel, bien entendu avec l'approbation de monsieur Green.

Je me maquille très soigneusement et me mets du parfum de grande marque acheté à Paris. Je choisis un chemisier et un tailleur jupe en lin de Belgique. C'est l'heure d'aller au bureau. J'enfile mon long manteau de laine et mes bottes noires italiennes. Au travail, je porterai une nouvelle paire d'escarpins légers et chics, italiens aussi.

Le ciel est bleu, sans un nuage. Je respire à pleins poumons et marche d'un pas allègre. Le temps froid de l'hiver m'enchante ce matin. Sur le chemin du métro, je passe chez ma fleuriste préférée.

J'arrive au travail à huit heures vingt. Comme les horaires sont flexibles, certains commencent à partir de sept heures et demie. Je les salue aimablement et ils me souhaitent bonne chance avec mon nouveau patron.

D'abord, je prépare deux ikebanas dans la kitchenette puis les apporte dans le bureau du directeur. J'en pose un sur l'étagère contre le mur blanc, et l'autre sur la table basse devant le long canapé. Après quoi, je vais à la comptabilité pour déposer le reçu de la fleuriste.

De retour à mon bureau, je me mets à la rédaction d'un document très important pour le siège social. Il s'agit d'une réunion annuelle qui aura lieu ici dans un mois. Les responsables américains visitent les succursales étrangères pour vérifier les résultats de l'année précédente et décider des budgets pour la suivante. J'organise et dirige ces rencontres. Je dois aussi faire des réservations d'hôtel et de divers restaurants, ainsi que dans des bars. Les secrétaires américaines avec qui je communique apprécient beaucoup mon efficacité.

Le téléphone fixe sonne. Monsieur Green me demande poliment de venir dans son bureau. Ah, il est déjà là ! Je m'y rends sur le champ.

Mon nouveau patron m'accueille chaleureusement. Aujourd'hui, il porte encore une cravate verte. Dans la pochette de sa veste est glissé un mouchoir de la même couleur. Ça lui va bien. Il est coquet. En m'invitant à m'asseoir sur le canapé, il s'exclame :

— Quelle attention que ces ikebanas ! J'espère que cela ne vous a pas pris trop de temps.

— Pas du tout, monsieur. Je le fais deux ou trois fois chaque mois, selon la durée des fleurs. C'est mon plaisir.

— J'admire cet art délicat et très japonais.

— La femme de monsieur Smith aussi adore l'ikebana et le pratique...

Soudain, sa bouche se crispe comme si mes paroles l'irritaient. Zut ! Il ne fallait pas mentionner ce couple. Je me rappelle l'avertissement de mon collègue L. : monsieur Green enviait le succès de monsieur Smith. Je passe aussitôt au sujet du jour. D'abord, la réception à midi en son honneur au restaurant H., fameux pour ses sushis. Cela le remet rapidement de bonne humeur.

— J'ai réservé une salle tatami, dis-je. Envisagez-vous de donner un discours ?

— Certainement !

Il me montre une feuille de papier.

— Le voici, Kyôko-*san*. Pourriez-vous le relire ? Vous avez étudié la littérature américaine et on sait que vous excellez en écriture.

Sa confiance en moi me flatte.

— Avec plaisir, monsieur Green !

Je lis son texte écrit en anglais, sa langue maternelle. Il n'y a pas de fautes d'orthographe ni de grammaire, chaque phrase coule assez bien. Pourtant, le contenu manque de vitalité et d'originalité, comme un roman à quatre sous. Je jette un coup d'œil à son visage rayonnant de fierté. Si je lui disais ce que j'en pense, il n'apprécierait pas, à la différence de monsieur Smith. De toute façon, il ne s'agit que d'une petite allocution. Je déclare :

— C'est beau ! On vous remerciera de vos souhaits encourageants.

Il sourit, très satisfait. Je lui propose :

— Si vous prononciez quelques mots dans notre langue aussi, les Japonais y seraient sensibles.

— C'est exactement ce que je pensais. Merci, Kyôko-*san*. Alors, à midi !

Je le salue en me penchant légèrement. Au moment où j'arrive à la porte, il me demande d'un ton amical :

— Une tasse de café, s'il vous plaît.

Je réponds avec un sourire cordial :

— Appuyez sur le numéro trois, madame S. vous l'apportera tout de suite.

Ma sœur et moi jouons à la poupée. Anzu me pose des questions :

— Chère princesse, nous sommes où ?

— À Vienne.

— Où est notre mère ?

— Dans la pâtisserie.

— Que va-t-elle acheter ?

— Un grand gâteau au chocolat ! Nous le mangerons avec papa.

Anzu agit sa poupée en kimono :

— Youpi ! J'ai hâte. Où est notre père ?

— Au travail, bien sûr, car on est lundi.

Soudain, elle s'écrie :

— Non, papa est là !

Elle pointe son doigt vers une voiture garée de l'autre côté de la rue. Dedans, papa parle avec une dame inconnue. Ma sœur me dit :

— Il nous attend. Je vais le chercher.

Je hurle en saisissant son bras :

— Non ! Ne bouge pas !

Je me réveille. Blottie sous la couverture, je réfléchis à mon rêve. Le contenu différait de ma mémoire mais subsistait mon intuition de petite fille : papa a un secret que maman ne doit pas connaître.

Il est presque dix heures. C'est samedi. En bâillant, j'entre dans la cuisine. Je prépare du café et réchauffe un croissant dans le micro-ondes. Puis je mets quelques tranches d'emmental sur une assiette avec une grappe de raisin. Installée devant la télévision, je commence mon petit-déjeuner en regardant les informations.

Je n'ai pas de projet particulier pour aujourd'hui. Le temps est pluvieux, gris et froid. Je pourrais visiter un musée d'art contemporain qui expose un artiste américain que j'apprécie. Après, j'irais boire un verre chez X., mon bar favori. J'aime bavarder avec le chef barman, charmant et intelligent. Il m'attire. Malheureusement il est homosexuel, comme mon collègue L. Je découvre mes futurs amants dans ce genre d'endroit, mais jamais là-bas.

En buvant mon café, je revois le visage de O. Depuis notre séparation, je ne communique plus avec lui et je ne fais l'amour avec personne. Ma situation au travail s'est régularisée. J'espère que ma vie amoureuse pourra reprendre bientôt.

Mon portable sonne. Je vois le nom de Nobuki, mon petit frère.

— Kyôko, c'est à propos de maman.

— Qu'est-ce qu'il y a ?

— Tu sais bien qu'elle oublie de plus en plus de choses.

— Oui, mais papa s'occupe d'elle.

Nobuki est né l'année suivant l'incident rejoué dans mon rêve. Marié, père de deux enfants, il travaille pour une compagnie en tant qu'ingénieur civil. Puisqu'il est leur unique garçon, nos parents discutent avec lui des affaires familiales.

— Malgré son état, dit-il, maman s'inquiète sans cesse de toi.

— Pourquoi ? Je vais très bien.

— Elle devient paranoïaque sur la pollution radioactive à Tokyo.

— Quoi ? Elle se soucie encore de ça ? C'est incroyable. Ici, la vie s'écoule normalement, comme avant.

Deux ans ont passé depuis l'accident nucléaire de Fukushima, à la suite de terribles tremblements de terre dans le Tôhoku. Tokyo fut également très touchée. J'étais dans mon bureau quand le séisme s'est produit. J'ai cru mourir. Nobuki reprend :

— Maman veut que tu reviennes à Yonago. Papa essaie à nouveau d'arranger un *miaï* pour toi.

Je réponds en bâillant :

— Je ne peux pas changer ma façon de vivre à cause de nos parents, ou de quiconque. Ils doivent comprendre que j'aime rester célibataire et vivre à Tokyo.

Il insiste d'un ton paternel :

— Oui, mais la santé et la sécurité priment, comme papa nous le répète depuis notre enfance.

— Nobuki, il n'existe aucun endroit sûr. Tout le Japon est une zone sismique. Il y a même une centrale nucléaire tout près de ta ville.

Mon frère soupire à mes paroles exagérées :

— Maman pense à ton bien-être physique, c'est tout. Sois gentille avec elle. Tu pourrais leur rendre visite plus souvent.

Je lui donne une réponse vague et raccroche. Puis je réchauffe mon café et continue mon petit-déjeuner.

Je pense à monsieur Green. Cela fait quatre semaines qu'il a succédé à monsieur Smith. Il s'adapte assez bien à ses fonctions, grâce à moi surtout. S'il avait engagé quelqu'un d'autre que moi, telle que son ex-assistante N., ça aurait été bien difficile. Je comprends qu'il se soit assuré d'abord de mes intentions. Le poste de directeur adjoint, qu'il occupait auparavant, demeure vacant. Cela me semble étrange.

Mon portable sonne de nouveau. Tiens, c'est lui !

La nuit tombe. J'arrive au bar X. vers sept heures.

Le chef barman se réjouit de me revoir après deux mois d'absence. Installée au comptoir, je commande un cocktail qu'il vient d'inventer. L'une des choses qui me plaisent chez lui, c'est qu'il ne pose pas de questions personnelles à ses clients. Détendue, je lui raconte mon séjour à Vienne. Je le préviens que quelqu'un me rejoindra bientôt.

Ce "quelqu'un", il s'agit de monsieur Green. Ce matin, quand j'ai vu son nom sur mon portable, je me suis demandé s'il s'était passé quelque chose à la succursale. Mais non, il souhaitait simplement m'inviter à boire un verre quelque part. J'en ai été étonnée. Sortir avec mon patron en privé ? Cela s'avère délicat même s'il est divorcé. J'ai hésité un moment et lui ai proposé de me rencontrer ici, à condition que nous nous comportions comme des connaissances. Il a accepté en riant : “Quel honneur de devenir votre connaissance !”

J’observe les clients qui discutent joyeusement, assis autour des tables basses. On entend diverses langues : anglais, espagnol, chinois, hindi. Selon le barman, ce quartier est habité à plus de cinquante pour cent par des travailleurs immigrés et ça “empire” d’année en année. L’air mécontent, il ironise :

— Où se trouvent les Japonais ? J’ai l’impression de vivre à l’étranger.

— J’aime bien l’atmosphère cosmopolite, réponds-je. Le Japon doit davantage ouvrir ses portes.

Il rétorque d’un ton bourru :

— C’est trop, quand même ! Le pire est que certains insistent pour que nous utilisions l’anglais. Je leur crie : “Go home !”

Mon cocktail est prêt. Un liquide blanc parsemé de feuilles d’herbes fraîches. Ça sent bon. Le goût me plaît. Je lui demande :

— A-t-il un nom ?

Le barman prononce fièrement :

— Oui, je l’ai baptisé Suzuran !

Il a mis exprès l’accent sur “zu”, comme un Américain. C’est drôle. Je lui confie :

— C’est la fleur de mon anniversaire. Le 1er mai.

— Quel plaisir de le savoir !

— Elle s’appelle en anglais “lily of the valley”.

— Je sais.

Il raconte des anecdotes concernant cette fleur. Cela m'intéresse, surtout le rapport à la mythologie grecque. Il s'amuse à m'effrayer : "Cette plante est très toxique, même fatale." À ce moment-là, je sens une main sur mon épaule droite.

— Bonsoir, Kyôko-*san.*

Monsieur Green porte un pull en cachemire vert foncé. Bien qu'il s'agisse d'un rendez-vous, son apparition m'évoque notre rencontre fortuite à l'aéroport de Yonago. Le barman le dévisage : il ignorait que mon compagnon était étranger. Avant que j'ouvre la bouche, mon patron se présente en japonais :

— Enchanté, je m'appelle Green. Je suis américain.

Son bel accent impressionne le barman. Il salue son nouveau client :

— Bienvenue. La couleur de votre vêtement suggère déjà votre nom.

Monsieur Green s'esclaffe. Curieux, il regarde mon cocktail. Il s'exclame :

— Suzuran ? Quel nom charmant !

Cela réjouit le barman. Mon compagnon commande un scotch et s'assied à côté de moi. Nous nous vouvoyons comme au bureau mais évitons de parler travail.

Monsieur Green me demande comment j'ai passé cet après-midi pluvieux. Je lui montre un livre acheté au musée d'art contemporain. Il le feuillette en écoutant mes commentaires sur le peintre qui y était exposé. Il réagit, d'excellente humeur : “Ah, bon ?”, “Je ne savais pas !”, “Vraiment ?”, “Fascinant !”. Je lui raconte des anecdotes amusantes sur cet artiste. En riant, il m’effleure la main, le bras, l’épaule et même en me faisant du genou. Je trouve ces gestes un peu trop familiers mais, déjà grisée, je ne m’y oppose pas.

Monsieur Green commande un autre scotch, et moi un troisième cocktail. Le barman rejoint notre conversation. Je deviens volubile et nous bavardons tous les trois joyeusement. Le sujet porte sur l’alcool, surtout les vins européens. Oubliant le temps, je m’enivre au fil de la soirée.

Je me réveille la tête lourde et l'esprit embrumé.

L'instant d'après, je sursaute. Ce n'est pas mon lit ! De plus, je porte un tee-shirt d'homme, pas ma chemise de nuit. Où suis-je ? Je me revois bavarder gaiement avec monsieur Green et le chef barman, tout en enchaînant des cocktails forts. Les voix animées des clients me reviennent mais je ne me souviens pas de quand et comment j'ai quitté le bar.

J'observe la chambre. La porte est fermée. De jolis rideaux en dentelle couvrent la fenêtre. À gauche, il y a une bibliothèque. Je remarque des livres en anglais et en japonais et de gros dictionnaires de *kanji*. Une grande photo du mont Fuji décore un mur. Ça doit être chez mon patron…

Mes vêtements sont rangés sur un fauteuil devant un bureau : pantalon, chandail, chemisier et soutien-gorge. Mon sac à main se trouve sur le bureau. J'y aperçois aussi ma montre. Je ne me rappelle pas non plus comment j'ai enfilé ce tee-shirt.

Quelqu'un frappe.

— Oui ?

— Puis-je ouvrir la porte ?

Il s'agit bien de monsieur Green. Je me redresse :

— Je vous en prie.

Il apparaît en *yukata.* Debout dans l'embrasure, il me salue :

— Bonjour, Kyôko-*san.* J'espère que vous avez bien dormi.

Assise sur le lit, je tente de m'excuser :

— Je suis désolée, mais comment...

Il me coupe en souriant :

— Ne vous inquiétez pas. Mettez-vous à l'aise comme chez vous. Prenez une douche d'abord, si vous voulez. La salle de bains est au fond du couloir. Voici un *yukata*, une serviette et une brosse à dents.

Il les dépose sur une chaise près de la porte. Je le remercie et demande l'heure.

— Il est presque onze heures. Je viens de prendre une douche. Maintenant, je vais préparer nos brunchs. Je vous expliquerai plus tard ce qui s'est passé hier soir.

La porte se referme. Mon patron se comporte en gentleman. Cela me plaît. Néanmoins, j'hésite à utiliser sa douche. Il faut que je rentre chez moi immédiatement après le repas.

Je descends du lit. De quoi a l'air mon visage ? Il n'y a pas de miroir dans la chambre. Je ne trouve dans mon sac à main qu'un rouge à lèvres, une boîte à poudre et un peigne. Zut ! J'ai oublié d'apporter ma trousse de toilette contenant mon maquillage.

Je me regarde dans la petite glace de la boîte à poudre. Les yeux un peu tuméfiés, la peau légèrement grasse, les cheveux humides. C'est effrayant ! D'ailleurs, j'ai le corps moite de sueur et la bouche pâteuse. Je dois me laver aussitôt.

Je sors de la chambre pour me rendre dans la salle de bains. En passant devant la cuisine, j'entrevois monsieur Green préparant nos petits-déjeuners tardifs. Je sens l'odeur du miso. Il est vraiment japonophile.

La salle de bains est propre et bien arrangée. D'abord, je me brosse les dents et me rafraîchis le visage avec de l'eau froide. Puis je me douche soigneusement. Je nettoie aussi mes cheveux.

Après m'être séchée, je me tiens devant le long miroir sur la porte. J'ai enfin meilleure mine. J'observe mon corps bien proportionné. La taille fine. De longues jambes. Les seins fermes comme ceux d'une jeune fille. La peau blanche et lisse. Je n'ai aucun bourrelet. Je mesure environ un mètre soixante-dix. Encore aujourd'hui, il arrive qu'un agent de mannequin m'interpelle dans la rue. Je prends une pose et me souris à moi-même.

J'enfile le *yukata* bleu tout neuf de mon patron. Je mets sur mon visage de la crème laissée à côté du robinet. Ça sent bon. En sortant de la salle de bains, je m'interroge : quand mon patron m'a téléphoné hier matin, comptait-il déjà m'entraîner ici le soir ?

Dans la salle à manger, monsieur Green m'accueille avec un grand sourire.

— Ce *yukata* vous va très bien, Kyôko-*san*. Je l'ai acheté à Tsuwano. Ce bleu foncé rehausse le blanc de votre visage. Sans maquillage vous êtes encore plus belle.

Ses dernières paroles me mettent à l'aise. Je regarde les plats disposés avec soin, comme au restaurant : bols de riz, soupes de miso, omelettes, saumon grillé. Il y a aussi du *nori*, des *umébo-shi*, du *tsukemono* de radis. Ces aliments japonais typiques ne sont vraiment pas mes préférés. Malgré cela, je m'exclame :

— Quel festin ! Vous me gâtez.

Monsieur Green a l'air fier comme un enfant. Nous nous installons face à face à la table. J'ai très faim et mange en lui répétant : "C'est délicieux !" Il semble ravi de ma présence. Néanmoins, j'éprouve un sentiment étrange à prendre un repas avec un homme dans son appartement, surtout avec mon supérieur. Je l'interroge :

— Alors, que s'est-il passé hier soir ?

Il m'explique, un peu intimidé :

— Il était minuit passé. Vous étiez complètement ivre et vous n'étiez pas en état de rentrer seule. J'ai donc appelé un taxi. Je vous ai demandé votre adresse, mais votre réponse n'était pas claire. Vous marmonniez : "Non, j'interdis aux hommes d'entrer chez moi." Cela ne laissait le choix que de vous amener ici.

— Quel embarras de m'être soûlée à ce point ! Je suis vraiment désolée.

— Il n'y a pas de quoi. D'abord, c'est moi qui ai pris l'initiative de sortir boire.

Je regarde vers la fenêtre. Il fait beau aujourd'hui. J'aperçois le mur gris d'un bâtiment voisin.

— Où sommes-nous ?

Il prononce le nom de son arrondissement, qui ne m'est pas familier.

— Ne vous inquiétez pas, Kyôko-*san*. C'est un quartier habité par des immigrés comme moi. Les résidents d'ici ne se mêlent pas des affaires des autres.

Je le taquine :

— Vous adorez la culture japonaise mais vous évitez les Japonais ?

— Je veux seulement éviter les potins.

— Je comprends.

Il annonce avec gaîté :

— La soirée était magnifique ! J'ai beaucoup aimé le chef barman, on pourrait y retourner un jour.

Je lui jette un regard espiègle :

— Savez-vous qu'il est homosexuel ?

Monsieur Green me fixe, bouche bée.

Nous terminons nos repas. En préparant le café, il me propose :

— Je n'ai rien prévu de particulier pour cet après-midi. Vous pourrez vous relaxer encore ici.

— Merci, mais je retournerai chez moi dans une heure.

Nous nous déplaçons au salon avec nos tasses de café. La lumière du soleil pénètre par la grande fenêtre. Installée sur le canapé, j'observe les murs décorés avec des photos encadrées. Ce sont des paysages de la campagne japonaise et de temples shintos et bouddhistes. Monsieur Green se cale dans un fauteuil et bavarde, toujours de bonne humeur.

— Comme vous le savez, lorsque j'étais directeur adjoint, j'ai eu trois assistantes, l'une après l'autre. Maintenant, je vois la différence entre assistante et secrétaire. Vous êtes une vraie professionnelle.

— Je vous en prie, monsieur.

Je pense à mademoiselle N., qui avait dévoilé la démission de monsieur Smith à mon collègue L.

— Être secrétaire, dis-je, c'est d'abord savoir garder les secrets.

— Vous avez absolument raison et vous inspirez confiance.

Il se tait quelques secondes et poursuit :

— Notre succursale marche très bien et je suis fier d'être son directeur. J'espère que nous pourrons travailler ensemble longtemps.

— C'est aussi ce que je souhaite, monsieur Green.

Il sourit, très content. Puis il parle de sa vie privée : ses parents divorcés qui habitent à New York, ainsi que son fils à Séoul avec sa mère. À sa manière de raconter, il donne l'impression de ne plus s'intéresser au mariage. Il se souvient de ce que j'avais précisé à l'aéroport de Haneda : j'avais refusé un *miaï* avec un prof d'université. Il me dit :

— Vous avez pris la bonne décision, Kyôko-*san.* Je vous félicite. Si vous aviez accepté d'épouser ce prof, j'aurais eu de la difficulté à trouver une secrétaire comme vous.

— Je ne l'ai même pas rencontré, car je ne porte aucun intérêt au mariage.

Il rit. Après un moment d'hésitation, j'ose l'interroger.

— C'est vous qui m'avez mise en tee-shirt ?

Il rougit et bégaie :

— Ou… oui. Croyez-moi, je n'ai rien fait d'inapproprié.

Il réagit comme un adolescent. Je retiens mon sourire en jouant avec ma tasse presque vide.

— Kyôko-*san*…

— Oui ?

— J'aimerais sortir avec vous. Serait-ce possible ?

— Pardon ?

— Dès la première fois que je vous ai vue, j'ai rêvé de vous fréquenter. J'étais jaloux de monsieur Smith.

Ces paroles m'évoquent O. Interloquée, je fixe son visage. Je lui dis :

— Il n'y avait rien entre notre ex-directeur et moi, nos rapports étaient strictement professionnels.

Monsieur Green reste silencieux. Je continue :

— Et maintenant vous êtes mon supérieur et vous me demandez…

Il m'interrompt :

— Vous êtes célibataire et moi divorcé. Nous sommes libres. Et même si nous étions mariés, nos fréquentations ne regarderaient personne. L'important, c'est de respecter nos fonctions au travail et de demeurer discrets à l'égard des autres.

— C'est quand même délicat.

— Je le sais. Ou vous ne m'aimez pas ?

— Si, je vous aime bien…

— Alors, quel est le problème ? Nous ne montrerons rien devant les gens de notre compagnie.

Je réfléchis. Il est attentif aux potins. Je n'ai jamais entendu de scandale sur lui. Beau, poli, gentil. Il semble beaucoup aimer les femmes. Je l'imagine devenir un bon amant. Je réponds finalement :

— Oui, j'accepte.

— C'est vrai ?

Je hoche la tête. Aussitôt il s'assied à côté de moi et m'entoure les épaules d'un bras. Son visage est tout près du mien. Je sens l'odeur agréable de son savon. Il caresse mon visage. Je ferme les yeux et il m'embrasse délicatement sur les lèvres.

Ainsi, notre liaison a commencé. Même en privé, nous continuons à nous vouvoyer. Je l'appelle monsieur Green, et lui Kyôko-*san*.

Nous nous voyons les samedis dans son appartement. Et lors de chaque voyage d'affaires, nous descendons dans le même hôtel et faisons l'amour dans une de nos deux chambres. Il aime aussi les paysages urbains nocturnes. Nous nous rendons le plus souvent possible au sommet d'une montagne ou d'une colline et nous dînons dans un restaurant chic. Il connaît beaucoup d'endroits charmants et isolés, plus que mes amants précédents.

Je ne l'invite jamais chez moi. Il croit que c'est à cause de mes voisins et il ne s'en offusque pas. Je réserve les dimanches pour moi seule, ce qui m'est très important. Lui va souvent à Séoul voir son fils.

Il arrive qu'on se rejoigne au bar X. C'est habituellement le vendredi soir. On s'amuse avec le barman, devant qui nous nous comportons toujours comme des connaissances. Monsieur Green tolère son homosexualité et se contente de sa totale discrétion sur la vie personnelle des clients. Vers minuit, nous rentrons chez lui en taxi et restons ensemble jusqu'au samedi après-midi.

Nous avons une bonne entente sexuelle. C'est un amant expérimenté, ce qui me plaît beaucoup. Manifestement, il ne s'agit pas d'un homme fidèle. S'il était marié, il se comporterait comme les autres. C'est ce que je sens et je n'espère pas monopoliser son attention. Je ne m'imagine pas partager ma vie avec lui. Il pense probablement la même chose de moi.

Notre relation au travail va bien aussi. C'est ce qui nous importe le plus.

Ce qui me frappe dans son attitude envers moi au bureau, c'est son professionnalisme. Même s'il n'y a personne autour de nous, son comportement reste celui d'un supérieur très strict. La séparation de sa vie publique et privée m'impressionne, comme s'il y avait en lui deux personnages. C'est un bon acteur et je m'en amuse. Mon collègue L. s'inquiète pour moi : "Tu vas bien ? Monsieur Green paraît un peu trop sévère envers toi." Je souris : "Ça va, je survis." Quant à madame K., la directrice du personnel, elle me plaint : "Je ne pensais pas que monsieur Green serait aussi exigeant avec vous." C'est bien que personne ne soupçonne notre aventure.

Cette année, nous irons à Moscou et à Singapour, où les propriétaires de grands magasins sont intéressés par nos cosmétiques maison. Il faut que j'organise des rencontres avec nos clients. J'ai hâte de revisiter ces magnifiques villes.

Mais avant, nous recevrons des cadres du siège social de New York. Il s'agit d'une réunion annuelle très importante. J'y ai été habituée depuis des années avec monsieur Smith. Pour monsieur Green, ce sera sa première expérience en tant que directeur de la succursale. Je prépare les documents avec beaucoup de soin afin qu'il puisse facilement les présenter. La réunion se passera sans difficulté : les ventes de l'année dernière de nos propres produits étaient excellentes. Monsieur Green envisage de proposer au siège social d'agrandir notre laboratoire et d'embaucher trois autres chimistes. Cette idée sera sûrement acceptée.

Mon patron essaie de pérenniser de bons rapports avec tout le monde. Il invite régulièrement nos cadres à dîner et sort boire ou jouer au golf avec nos clients importants. Il se rend populaire avec ses belles paroles. Pourtant, son prédécesseur était beaucoup plus solide et respecté. Ce n'est pas dû à la différence d'âge mais à leur personnalité. Monsieur Smith avait une prestance naturelle, un dynamisme, une envergure.

Le poste que monsieur Green occupait auparavant demeure vacant. Un jour, je lui demande :

— Le siège social nous enverra-t-il bientôt quelqu'un comme directeur adjoint ?

Mon patron me répond, pensif :

— Non, cela n'en a pas l'air, mais c'est bien comme ça.

— Pourquoi ?

— Ils savent que j'administre toujours bien la division des cosmétiques maison. On n'a pas besoin de quelqu'un d'autre. Quand je suis absent, vous pouvez me remplacer.

Ces paroles me flattent. Il ajoute d'un ton à moitié sérieux :

— Nous sommes bons amants et excellents partenaires. Si nous fondions ensemble une entreprise, cela marcherait très bien.

Nous sommes à la mi-février.

C'est mercredi. Aujourd'hui a lieu notre réunion annuelle avec les quatre responsables américains de notre firme. Ils séjournent à Tokyo depuis deux jours. Hier, ils ont visité notre laboratoire de cosmétiques. J'ai servi d'interprète. Ils ont parlé longuement avec le directeur de cette division. Lui et les chimistes sont tous japonais, engagés par monsieur Smith qui avait une formation en biologie. Grâce à ce dernier, je connais bien les termes techniques anglais. Très habitués à ma présence, les Américains se sont spontanément adressés à moi et j'ai dû chaque fois les orienter vers monsieur Green. Leur inspection s'est passée sans accrocs.

La réunion de ce matin commence à neuf heures.

Les quatre Américains s'installent autour de la table. Madame S. leur apporte des cafés. Je distribue des copies des rapports de l'année dernière. Puis monsieur Green montre sur un écran les résultats détaillés pour nos produits maison, dont les ventes ont augmenté de quinze pour cent par rapport à l'année dernière. Les cadres examinent attentivement les chiffres. Impressionnés, ils répètent : "Très bien ! Formidable !"

Monsieur Green mentionne certaines des conventions sociales au Japon.

— Comme vous le savez, messieurs, la manière japonaise de communiquer avec les clients diffère de l'américaine. Pour gagner leur confiance, il faut avoir avec eux un contact personnel à long terme. Je m'efforce de m'y adapter depuis mon arrivée ici.

L'un d'eux lui demande :

— Que faites-vous, par exemple ?

— Quand ils m'invitent à boire ou à jouer au golf, j'accepte. Je leur envoie des cartes d'anniversaire, de mariage, de naissance, de Nouvel An. Je vais souvent au banquet de noces d'un membre de leurs familles, etc. Toutes les dépenses sont justifiées par nos comptables.

Son interlocuteur acquiesce avec un petit sourire et commente :

— Vous pourriez confier ces tâches à quelqu'un d'autre. Sinon, c'est trop pour vous, non ?

Monsieur Green s'explique :

— Il s'agit de relations humaines. Cela prendrait du temps pour effectuer un tel changement. Nos clients sont très contents de mon adaptation à leurs coutumes. Je communique avec eux en japonais.

Il parle habilement et les responsables l'écoutent sans l'interrompre. Ensuite il soumet son projet d'agrandir le laboratoire et d'ajouter trois nouveaux chimistes. Cette fois-ci, les Américains ne réagissent pas, ils restent plutôt pensifs. Mon patron insiste pour les convaincre. L'un d'eux lui répond calmement :

— Je comprends très bien vos intentions. Nous rapporterons votre plan à notre président. Attendez sa décision.

Soulagé, monsieur Green passe aux résultats pour les produits occidentaux, dont les recettes stagnent depuis quelques années. Un autre le questionne :

— Quelles sont vos stratégies pour augmenter ces ventes ?

Mon patron répond d'un ton posé :

— Jusqu'à présent, la succursale visait l'élite, tel que décidé par mon prédécesseur. Nous changerons de direction : il faut attirer les gens de la classe moyenne. Dorénavant, on investira dans les médias plus populaires tels que la télé, les magazines de mode…

Le cadre l'interrompt :

— J'espère que vous n'y transférez pas les profits des cosmétiques maison.

Cette remarque étonne monsieur Green.

— Non, dit-il, on essaye de se débrouiller à l'intérieur du budget. Nous traitons le département des produits occidentaux comme une entreprise indépendante.

Tout le monde approuve d'un signe de tête.

La réunion se termine vers midi. Les responsables vont maintenant déjeuner au restaurant américain habituel. Plein de confiance, mon patron me chuchote à l'oreille :

— Bon, tout s'est bien passé. Le président acceptera ma proposition sans problème.

Nous sommes au début du mois d'avril, la saison des cerisiers en fleurs.

Monsieur Green se démène afin d'augmenter les ventes des produits occidentaux à coups de publicités dans les médias. Il devient très exigeant envers les vendeurs ainsi que les attachés commerciaux. Mon collègue L. se plaint d'être surchargé de travail. Il ironise : "Ce n'est pas la pub qui va apporter des résultats à long terme." Quant à agrandir le laboratoire des cosmétiques maison, le siège social ne réagit pas encore et cela frustre notre directeur.

Vu qu'il est très occupé en ce moment, je me rends chez lui moins souvent et nous sortons moins au bar X. En revanche, lors de nos déplacements d'affaires, nous faisons l'amour à l'hôtel. Après quoi, nous nous promenons en voiture. Il aime beaucoup conduire, surtout à travers bois et en montagne. Pour nos sorties, il trouve toujours de bons restaurants avec de la viande de qualité et d'excellents vins.

C'est maintenant vendredi matin. J'établis les horaires de mon patron pour la semaine prochaine. Il y a beaucoup de demandes de rendez-vous avec des clients importants, même les week-ends. Je m'aperçois qu'il est libre ce soir. Un instant, je pense me rendre à son appartement s'il n'a rien de prévu.

Le téléphone sonne. Monsieur Green me convoque dans son bureau sans spécifier de raison. J'arrive aussitôt. Il m'accueille très amicalement et me demande :

— Kyôko-*san*, pourriez-vous guider monsieur B. et sa famille quelque part d'intéressant dans Tokyo ?

Cette requête est inattendue. Il s'agit d'un homme d'affaires qui possède des boutiques de cosmétiques dans plusieurs pays d'Europe et du Moyen-Orient. Hier, il a visité notre laboratoire avec sa fille et son gendre, qu'il appelle ses assistants. C'était agréable de servir ces gens polis et aimables.

— Oui, certainement. Et quand ça ?

— Cet après-midi. À partir de deux heures.

— Aujourd'hui ?

— Oui. Ils retournent dans leur pays demain. Hier soir, je les ai emmenés dans un bar très japonais. Cela leur a plu. Ils ont mentionné votre excellente traduction et auraient souhaité que vous les accompagniez dans un quartier populaire.

Je réfléchis à quel endroit les emmener. Je suggère :

— Je pourrais leur montrer les cerisiers en fleur au parc Sumida. On pourrait aussi faire une excursion en bateau-mouche. Qu'en pensez-vous ?

— Bonne idée, Kyôko-*san* !

Aussitôt, il téléphone à monsieur B. et l'informe que je les rejoindrai à leur hôtel à deux heures. Je l'interroge :

— A-t-il décidé d'acheter nos produits ?

— Pas encore, mais il paraît très intéressé. Essayez de le traiter comme un futur client et soyez aussi aimable avec sa fille et son gendre.

— Bien entendu, monsieur.

Mon patron enchaîne, les yeux pétillant de malice :

— N'oubliez pas que c'est un gros poisson. Quand nous aurons conclu une entente avec lui, je réclamerai au siège social des bonus pour moi, ainsi que pour vous, certainement.

Il a accentué les mots "pour vous". Un bonus ? Pourquoi pas ? Pourtant, je trouve étrange son idée de m'inclure, comme si j'étais aussi un cadre. Il ajoute :

— Ici, il ne s'agit pas d'une entreprise japonaise. On demande toujours plus, surtout si l'on a obtenu de bons résultats. Monsieur Smith touchait un salaire très élevé grâce au succès de nos cosmétiques.

Monsieur Green me lance des regards appuyés. Je comprends son ambition, mais j'ai le sentiment que monsieur B. ne signera pas si facilement. On verra.

— C’est vendredi, dis-je. Après les avoir raccompagnés à leur hôtel, sera-t-il possible que je vienne chez vous ?

— Bien sûr, Kyôko-*san*. Mais si monsieur B. vous invite à dîner, acceptez. Vous serez payée en heures supplémentaires. Profitez-en !

J'arrive à l'hôtel en taxi à deux heures moins cinq.

C'est un grand hôtel de luxe fréquenté par de riches touristes. L'élégant uniforme des employés attire mon attention. J'observe les tenues des clients. Formelles ou détendues, elles paraissent de haute qualité. On entend toutes sortes de langues. J'ai l'impression de me promener dans un quartier étranger huppé. Mon prochain voyage d'affaires est à Moscou. J'ai hâte.

J'entre dans la salle d'attente où monsieur B. et ses assistants doivent me rejoindre. Assise dans un fauteuil confortable, je lis un prospectus de l'hôtel. Dix minutes passent. Ils ne se montrent toujours pas. Au moment où je sors mon portable, je vois monsieur B. s'approcher de moi. Il porte une veste beige raffinée. Bien qu'un peu corpulent, on le rangerait dans la catégorie des hommes charmants. Je me lève. Il me baise la main et me salue cordialement.

— Bonjour, madame Niré. Merci beaucoup d'avoir accepté de servir de guide.

— Je vous en prie. Vos assistants sont-ils prêts aussi ?

— Ma fille et mon gendre ? Ils viennent de sortir pour visiter le quartier de Ginza.

Étonnée, je lui jette un coup d'œil. Monsieur B. hausse les épaules :

— J'avais prévenu votre patron qu'ils ne seraient pas avec moi. Ça doit être un malentendu. Cela vous dérange ?

Je n'ai pas le choix.

— Non, monsieur. Seulement, il faut que je modifie la réservation du bateau-mouche.

Il s'excuse enfin :

— Je suis désolé.

En refermant mon portable, je lance avec un sourire bienveillant :

— Ça y est ! J'espère que ma compagnie vous plaira. Appelez-moi Kyôko-*san,* s'il vous plaît.

— Très bien, Kyôko-*san.* Allons-y !

Il pose délicatement une main sur mon dos, et avec l'autre il me fait signe de sortir d'abord. Il chuchote à mon oreille :

— Je suis très honoré d'être guidé par une femme aussi belle.

Nous nous dirigeons vers la porte d'entrée. En nous croisant, les employés en uniforme nous saluent avec beaucoup de respect et de politesse.

Pendant le trajet en taxi, monsieur B. devient bavard. Il parle de sa famille. Marié, il est père de trois filles. “Ma femme n’aime pas voyager”, avoue-t-il. Puis il me pose des questions personnelles : depuis quand j’habite à Tokyo, depuis combien d’années je travaille chez Anderson, etc. Il semble savoir que je suis célibataire. Il me raconte la soirée au bar qu’il a passée avec mon patron. De bonne humeur, il me rapporte :

— J’ai adoré les entraîneuses en kimono. Leur délicatesse, leur beauté, leurs attentions. Ah, c’était incroyable !

Nous arrivons au parc Sumida. Devant nous, les cerisiers en fleurs rose pâle s’étendent des deux côtés du chemin sur plusieurs centaines de mètres. En descendant du taxi, monsieur B. s’exclame, ébloui :

— C’est merveilleux ! Dommage que ma fille ne soit pas ici avec nous. Elle adore les cerisiers.

Nous marchons lentement. Des gens piqueniquent sous les arbres. Installés sur des bâches bleues, ils mangent, boivent, chantent gaiement. C’est bruyant partout. Je lui explique que ça s’appelle *hanami,* une tradition japonaise. Curieux, monsieur B. observe les piqueniqueurs. Parmi eux, il y a un groupe d’hommes et de femmes en tenue de bureau. On en compte une dizaine. Monsieur B. m’interroge :

— Pourquoi sont-ils en uniforme ?

— Ils doivent être venus directement de leur travail. Beaucoup de compagnies organisent des *hanami* pour leurs employés, ou bien ceux-ci le font eux-mêmes.

— Est-ce obligatoire d'y participer ?

— Non, mais il est de coutume que les salariés acceptent bon gré mal gré. Il s'agit de promouvoir des relations amicales. On organise aussi des voyages et de petites sorties en équipe. En bref, c'est pour encourager les employés à développer l'esprit de communauté.

— Ah, ça ! C'est là que réside le succès du Japon. J'admire leurs grands efforts collectifs, notamment après leur défaite de 1945.

J'acquiesce sans commentaire. En réalité, je n'aime pas du tout cette mentalité. Je ne fais jamais de voyage en groupe ni de sport d'équipe. Je suis contente qu'il n'y en ait pas chez Anderson. Monsieur B. poursuit :

— Pourquoi avez-vous choisi une entreprise américaine ?

— Je préfère la mentalité rationnelle et pragmatique.

Il s'exclame :

— "Time is money !" Un monde sévère. Ça doit être dur pour vous, Japonaise.

— Non, pas du tout. Tant qu'on est compétent, on est bien traité. De toute façon, chaque société a deux aspects. Je connais des Américains heureux dans des compagnies japonaises.

— Votre patron a de la chance d'avoir une secrétaire comme vous. Intelligente, efficace, attirante. Je l'envie et rêve de vous engager…

Le regard enflammé, il me baise encore la main. En jetant un œil sur ma montre, j'annonce :

— C'est l'heure d'aller à l'embarcadère.

Nous repartons en taxi. J'espère que ma mission finira dans deux heures et que monsieur B. ne m'invitera pas à dîner. Ainsi, je pourrai me reposer ce soir avec monsieur Green dans son appartement. Il me préparera un steak, un de mes mets favoris. Je réfléchis à quel vin apporter.

Nous voilà à l'embarcadère. Je reçois nos billets. En attendant l'heure du départ, nous nous installons sur la terrasse d'un joli café. Monsieur B. continue à bavarder, toujours de bonne humeur. Tant mieux. J'espère qu'il finira par devenir notre client.

Nous montons à bord. La croisière durera environ une heure. Il y a plus de cinquante places et toutes sont occupées. Je laisse monsieur B. prendre le siège côté fenêtre. Il contemple les gratte-ciels le long de la rivière. Devant nous, il y a un vieux couple d'Occidentaux, et derrière, deux Japonaises entre deux âges. J'échange quelques mots en anglais avec le couple, venu d'Angleterre.

Le bateau démarre lentement. On entend une annonce enregistrée, d'abord en japonais puis en anglais. Monsieur B. écoute, la tête tournée vers la fenêtre. Je profite de son silence et regarde les tours pointant vers le ciel bleu de printemps. Je pense à New York. L'image de mon ex-amant O. me revient à l'esprit.

Là-bas, O. travaille encore dans une succursale de sa banque japonaise. Son séjour se terminera dans deux mois. Hier, il m'a contactée sur mon portable. Cela m'a étonnée, mais ce qui m'a le plus surprise, c'était son message : "L'entreprise Anderson ne semble pas en bon état." Que raconte-t-il ? Ridicule ! Il m'a aussi écrit : "Tu me manques beaucoup. Quand je serai de retour à Tokyo, je t'inviterai à nouveau au restaurant No-no-yuri. Tu avais bien aimé leur vin chilien…" Je lui ai répondu : "Ce ne sera pas possible. J'ai déjà quelqu'un d'autre. Adieu."

Le bateau glisse sur l'eau calme. Les rayons du soleil pénètrent par la fenêtre. Distraite, j'observe le paysage. Les deux Anglais devant nous échangent à propos de la Tokyo Skytree. Les deux Japonaises derrière nous restent tranquilles. Bercée par le clapotis de l'eau, je commence à avoir sommeil. J'étouffe un bâillement.

Une demi-heure s'est écoulée depuis l'embarquement. La tête toujours tournée vers la fenêtre, monsieur B. observe les vieilles maisons de bois. Le contraste avec les gratte-ciels doit l'impressionner. Le bateau ralentit et tangue doucement. Je somnole.

Un moment, je sens qu'on effleure ma main droite. L'esprit distrait, je regarde vers monsieur B., dont je ne vois pas le visage. À ma stupéfaction, il se met à caresser mes cuisses par-dessus ma jupe. Que fait-il ?! Mon sommeil s'envole. Je saisis sa main et tente de la repousser. Il résiste. Au contraire, il continue son mouvement. Je réagis plus fermement mais il ne lâche pas.

— Arrêtez, monsieur ! dis-je d'une voix étouffée.

Il me sourit sans honte et chuchote à mon oreille :

— Kyôko-*san*, je suis follement amoureux de vous. Hier, quand je vous ai vue au laboratoire, je voulais vous revoir absolument avant de quitter le Japon.

Je demeure abasourdie. La main toujours sur ma jupe, il poursuit d'un ton doux mais déterminé :

— Ce soir, nous dînerons ensemble dans un très bon restaurant, puis nous irons au bar. J'ai entendu dire que vous aimiez beaucoup le vin et la viande rouge.

Il a l'air persuadé que j'en suis ravie. Son sourire commence à me dégoûter. Monsieur Green a insisté pour que j'accepte son invitation à dîner, mais s'il savait comment cet homme d'affaires se comporte avec moi, il serait très fâché. Je réponds :

— Malheureusement, je suis prise dès six heures ce soir. Comme j'ai reçu cette mission à la dernière minute, je ne peux pas annuler mon rendez-vous.

Monsieur B. rit fort, comme si nous avions une conversation amusante. Puis il baisse la voix :

— Ce n'est pas vrai ! J'ai déjà l'accord de votre patron. Il m'a assuré que vous m'accompagneriez aussi longtemps que je le voudrai.

Quoi ? Je me fige, effrayée. Il annonce avec un sourire appuyé :

— Je suis presque décidé à conclure une entente avec Anderson.

Je ne réagis pas. Il me prie d'une voix mielleuse :

— Kyôko-*san*, s'il vous plaît, veuillez être un peu plus gentille avec moi. De ma chambre, on peut contempler une magnifique vue nocturne de Tokyo…

La nuit approche. Il est presque six heures.

Mon taxi se dirige vers le bureau. Monsieur Green doit encore y être. Je veux lui parler immédiatement, mais pas au téléphone. Quel salaud ! Mon sang bout. Je réentends sa voix : "N'oubliez pas que c'est un gros poisson."

La voiture s'arrête devant l'immeuble. À l'entrée, je m'assure auprès du gardien que monsieur Green n'est pas encore parti. Je monte en hâte. Il n'y a personne à notre étage. Je frappe à sa porte.

— Entrez !

En ouvrant, je le vois en train d'enfiler sa veste. Très surpris, il me demande :

— Kyôko-*san*, qu'est-ce qui se passe ?

Je ferme la porte derrière moi et réponds :

— Je viens de terminer ma mission.

Il se renfrogne :

— Où sont monsieur B. et ses assistants ?

— Je n'ai rencontré que monsieur B.

— Ah bon ? Alors où est-il ?

— À son hôtel, je suppose. Il est parti seul en taxi.

— Il ne vous a pas invitée à dîner ?

— Si, mais j'ai refusé.

Mon patron hausse le ton :

— Comment ? Je vous avais dit d'accepter son invitation car vous seriez payée.

Je réagis, sarcastique :

— Monsieur B. m'a trop aimée, au point que j'en ai été dégoûtée.

— Je ne comprends pas… C'est un gentleman. J'espère que vous ne l'avez pas contrarié.

Je m'écrie :

— C'est lui qui m'a fâchée ! Et vous aussi, monsieur Green !

— Calmez-vous, Kyôko-*san.* Qu'est-ce qui vous est arrivé ?

— Ne faites pas l'innocent, monsieur !

Mon patron ouvre grand les yeux. Il ne m'a jamais vue en colère. Je reprends :

— Que lui avez-vous raconté sur moi ?

— Seulement des bonnes choses, bien sûr.

— Vraiment ? Vous voulez que je vous répète vos propres paroles !

La bouche crispée, il use de subterfuges :

— Écoutez. Hier soir, au bar, j'étais complètement ivre. Je ne me souviens que de ses éloges à votre sujet.

— Je n'en crois rien.

— Attendez… Il m'a aussi raconté qu'il avait une relation avec sa secrétaire et que son épouse ne le laissait voyager qu'avec une de leurs filles.

— Alors ?

Il baisse la voix comme si quelqu'un nous écoutait :

— Monsieur B. croyait que nous étions amants.

— Ah, c'est pour cela que vous lui avez suggéré : "Kyôko-*san* ne s'intéresse pas aux célibataires ni aux divorcés, surtout comme moi avec un enfant. Elle aime les hommes mariés comme vous. Profitez-en !"

Il s'irrite :

— Arrêtez de m'agresser. Ce n'était qu'une blague d'ivrognes. S'il l'a prise au sérieux, ce n'est pas de ma faute.

— N'empêche ! Vous êtes deux hommes vulgaires.

À ce moment-là, il me jette un sourire cauteleux.

— Qu'y a-t-il de drôle, monsieur ?

— Avant moi, vous ne fréquentiez que des hommes mariés. Je représente une exception pour vous. Non ?

Quoi ? Il m'espionne ? Ébranlée, je reprends l'offensive :

— Ma vie privée ne vous regarde pas !

— Si, parce que vous êtes ma maîtresse. Je veux que notre relation amoureuse dure le plus longtemps possible. N'oubliez pas que vous êtes aussi ma principale partenaire de travail. J'ai besoin de vous.

— Pourtant, vous m'encouragez à flirter avec d'autres hommes pour le profit de la succursale ? Que c'est drôle !

Soudain, il s'approche de moi et me saisit fort par le bras. Je le repousse :

— Arrêtez !

Il insiste dans sa langue maternelle :

— I love you, Kyôko. I hope we will strengthen our ties, so that we can think seriously about a future together.

J'ironise :

— What kind of future, mister Green ? Pimp and prostitute ?

— What ?

Je lui raconte ce qui s'est passé sur le bateau-mouche. Finalement, mon patron s'excuse et poursuit :

— I love you and I need you ! We are excellent lovers et partners, we could live together and run a business together.

Ces paroles me surprennent. Compte-t-il vraiment fonder une entreprise avec moi ? Je reste intriguée. Il verrouille la porte de l'intérieur.

— Personne ne viendra vous voir à cette heure-ci, dis-je.

— Tant mieux.

Il m'invite à m'asseoir sur le canapé. Puis il commence à enlever sa veste et sa cravate. Je me relève :

— Que faites-vous ?

Il ignore mes paroles et me pousse sur le canapé. Je résiste :

— Arrêtez !

Il passe au tutoiement pour la première fois :

— Tu m'excites trop, Kyôko. Je ne peux plus me retenir.

Il s'allonge sur moi. Je sens son sexe déjà dur. Il m'embrasse sur le front et chuchote d'une voix caressante :

— Je t'aime. Discutons sérieusement de notre avenir ensemble.

Nous sommes à la mi-avril. Dans deux semaines commence le *golden-week*. Ayant adopté ces jours fériés japonais, notre succursale sera fermée pour cinq jours. Je compte aller chez mes parents à Yonago, ce qui est exceptionnel pendant cette période.

Je reviens tout juste d'un voyage à Moscou. Mon patron et moi avons d'abord visité le point de vente de nos produits maison, ouvert il y a deux ans sous l'impulsion de monsieur Smith. Là-bas, nous avons rencontré trois propriétaires russes de grands magasins haut de gamme et avons conclu de bonnes affaires.

Bien qu'au travail je me comporte normalement vis-à-vis de monsieur Green, j'évite de sortir avec lui en privé. Pendant ce dernier voyage à Moscou, je n'ai pas couché avec lui, alléguant que j'avais mal à la tête.

Il me répète "I love you" et essaie de discuter de "notre avenir ensemble". Il prononce aussi le mot "mariage". Malgré cela, je soupçonne qu'il a peur, désormais, du scandale. Monsieur B. connaît beaucoup de monde dans le milieu des cosmétiques. Ça se peut qu'il répande une vilaine rumeur : le directeur de la succursale japonaise d'Anderson couche avec sa secrétaire et l'encourage même à séduire un riche client potentiel.

Sa demande en mariage doit être une façon de prétendre que nous sommes bel et bien "amoureux". Il ne devrait pas me craindre, ni quiconque. Je ne suis plus une jeune fille, j'assume ma conduite et ne me plains à personne. Après tout, j'ai joui de nos rapports sexuels pendant trois mois. Nous n'avons qu'à demeurer professionnels.

Monsieur Green a besoin de moi. J'organise impeccablement les réunions et les rencontres avec nos clients et c'est moi qui écris les rapports en anglais. Pourtant, tout ce qui lui importe en tant que directeur, c'est d'obtenir de bons résultats. S'il n'y parvient pas, il perdra son emploi. C'est la dure réalité dans le monde des affaires américain. En fait, les ventes de cosmétiques occidentaux stagnent toujours, malgré d'énormes dépenses en publicité. Je remarque qu'il boit plus qu'avant.

Pour le *golden-week,* monsieur Green m'a proposé que nous visitions ensemble le parc national de Killarney en Irlande. J'ai décliné en expliquant que je devais voir ma mère malade, alors que je ne le pensais pas à ce moment-là.

Il est vrai que mes parents insistent pour que je revienne pendant ces jours fériés. Ils tenteront encore de m'arranger d'autres *miaï*. Si j'annonçais que mon patron souhaite m'épouser, ils se réjouiraient sûrement.

Mais nos aventures galantes sont déjà terminées pour moi. La question, c'est quand lui déclarer notre rupture. C'est un homme instable et fragile. Je n'ai aucune idée de comment il réagira.

Le souvenir de mon enfance me revient. Toujours le même.

Une femme inconnue sort de la pâtisserie avec un carton blanc puis monte dans la voiture. Le soir, papa rentre à la maison de bonne humeur. Ma mère lui montre un gros gâteau au chocolat. L'expression de papa se crispe…

Tous les hommes trompent leurs femmes. Cette idée semble imprégnée en moi. Mes amants précédents, facilement séduits, jouissaient des aventures avec moi. J'en ai assez. Désormais, je me divertirai seule en me promenant, en visitant des musées, en voyageant à l'étranger.

Comme chaque matin, je ramasse le courrier pour monsieur Green à la réception. Aujourd'hui, je trouve une lettre à mon attention avec un timbre américain. Mon adresse et mon nom sont dans une belle écriture cursive. Ça provient de madame Smith, la femme de mon ex-patron. Je me demande dans quel état elle est. Dans mon bureau, je lis la lettre.

Chère Kyôko-san,

Comment allez-vous ? Je vous écris pour vous remercier de votre présent.

Excusez-moi de ce retard. Avant mon départ du Japon, je voulais vraiment saluer les employés de la succursale, surtout vous. Malheureusement, mon état de santé ne me l'a pas permis. Dès mon retour à Boston, j'ai dû rester quelque temps à l'hôpital pour subir des examens. À la suite de quoi je me suis installée dans notre maison en banlieue. Puisque ma vie est maintenant mieux organisée, je tente de recontacter mes amies au Japon.

Le vase d'ikebana m'a beaucoup plu. Comme vous le savez, j'adore l'arrangement floral, notamment à la japonaise. C'est grâce à vous, qui m'avez initiée à cet art traditionnel. Je n'ai jamais vu un vase aussi beau. Selon mon mari, vous l'avez acheté à une céramiste de votre ville natale. Les couleurs naturelles inspirent tant la sérénité… Quelle élégance, quelle simplicité, quelle distinction ! Votre sensibilité m'a énormément touchée. Mon mari me répète que vous avez un goût très sûr.

Ce qui m'a le plus surprise, ce sont les mots anglais inscrits dessous : "Lily of the field". Étant chrétienne, je songe au passage de l'Évangile : "Pourquoi vous inquiéter au sujet du vêtement ? Considérez comment croissent les lys des champs : ils ne travaillent ni ne filent…" En effet, ce titre apparaît parfait pour ce vase.

Il y a également le nom de l'artiste en kanji – 杏子. Avec mon japonais rudimentaire, je n'étais pas capable de le prononcer. Mon mari non plus. Heureusement, une connaissance à Boston m'a expliqué : on peut lire ces kanji comme "anzu – abricot" ou "kyôko – enfant de l'abricot". Au début, j'ai imaginé que c'est vous qui l'aviez façonné. Mais mon mari m'a dit : "Pour autant que je sache, Kyôko-san ne pratique pas la poterie." Si vous avez l'occasion de revoir cette grande artiste, transmettez-lui mon admiration, s'il vous plaît.

Mon mari estimait vos qualités en tant que secrétaire : efficacité, précision, respect strict du *secret. Votre grand professionnalisme l'impressionnera toujours. Il a eu la chance d'avoir quelqu'un d'aussi qualifiée que vous à ses côtés. Néanmoins, je vous avoue maintenant les soucis inutiles que j'éprouvais à votre égard au début. Vous pourrez en rire.*

*Vous êtes une femme intelligente, belle et charmante avec qui tous les hommes rêvent de sortir. Quand je vous ai rencontrée pour la première fois, j'ai été troublée. Vous veniez de terminer vos études universitaires. Mon mari avait alors presque cinquante ans. Je m'inquiétais pour lui. Va-t-il travailler officiellement avec une secrétaire aussi jeune et attirante ? Va-t-il même voyager avec elle ? Et j'ai bientôt compris que mon inquiétude était infondée. Vous exerciez votre métier très scrupuleusement, il n'y avait aucune ambiguïté dans votre comportement. Mon mari me taquinait : "Kyôko-*san *ne s'intéresse pas à un homme si amoureux de sa femme."*

Comme mon mari vous l'a raconté, j'étais son assistante dans une entreprise pharmaceutique à Boston. C'était un coup de foudre mutuel. À cause des circonstances compliquées, il nous a fallu deux ans pour enfin nous unir. Mon mari plaisante : "L'amour est une maladie et nous resterons malades ensemble." Je ne sais pas combien d'années j'ai devant moi. Malgré tout, je me sens épanouie plus que jamais, pouvant passer tous les jours avec mon adoré.

*Kyôko-*san*, je vous remercie encore pour votre présent du cœur. Je pratique régulièrement mon* *ikebana en essayant d'approcher, même un peu, la qualité de ce vase que vous avez choisi spécialement pour moi.*

Le temps à Boston est encore frais. J'attends avec impatience l'arrivée de l'été. Cette année, nous planterons dans notre jardin des fleurs, des légumes, des arbres. Vous êtes la bienvenue chez nous quand vous le souhaitez. J'espère que nous pourrons passer ensemble une journée ensoleillée en contemplant la beauté de la nature.

Très amicalement à vous.

Helen

P.-S. : À propos de "Lily of the field", j'ai appris également son nom japonais. No-no-yuri. *Quel nom adorable ! J'appellerai ainsi notre jardin.*

C'est le *golden-week*. Je séjourne chez mes parents à Yonago depuis deux jours.

Ce soir, le reste de la famille nous rejoint pour dîner : Anzu et son fils, mon frère Nobuki, sa femme et leurs deux filles. Ma sœur et moi aidons maman à préparer les plats.

Malgré ses problèmes de mémoire, ma mère n'a pas oublié que j'ai refusé le *miaï* qu'ils proposaient. Elle se lamente encore que j'ai raté une bonne occasion. En plus, toujours paranoïaque, elle essaie de m'effrayer : "Tokyo est entièrement contaminée par la radioactivité." Peu aimable, j'ironise en répondant qu'un tremblement de terre violent ou un énorme tsunami me font plus peur que la radioactivité. Mon père me gronde.

Le dîner commence. Ma famille veut savoir comment s'est passé mon voyage d'affaires à Moscou. Tous m'écoutent raconter nos succès auprès de grands magasins russes. Je ne mentionne rien à propos de mon nouveau patron avec qui je travaille depuis quatre mois. Je réfléchis toujours à la question : comment et quand lui signifier la fin de notre relation. Cela me pèse.

Maintenant, nous dégustons le gâteau aux fruits que ma belle-sœur a préparé. Après quoi je distribue des cadeaux aux enfants. Cette fois-ci, ce sont des matriochkas. Mon neveu remarque qu'elles ressemblent aux *kokeshi*. Ma sœur lui mentionne un article selon lequel elles ont été inspirées par les poupées japonaises nommées *Shichifukujin* de Kamakura, mais que le berceau est probablement en Chine, à l'époque de la dynastie Song. Bien que ce sujet suscite ma curiosité, trop distraite, je n'ai pas envie de participer à leur conversation.

Les enfants sortent jouer dans le jardin. Les adultes bavardent en buvant du thé. Brusquement, mon père m'annonce :

— Un de mes amis m'a parlé d'un avocat célibataire. Il a fait ses études à Osaka. À présent, il a un bureau dans notre ville. Ça t'intéresse ?

Je réagis sèchement :

— Non merci, papa. Donne-le à Anzu.

Ma sœur refuse carrément :

— Non merci, moi non plus. Un mariage, ça suffit pour moi. J'ai une amie qui désespère de se marier. Tu pourrais le lui passer. Elle sera ravie.

Notre père se vexe comme l'autre fois au téléphone. Il nous réprimande :

— Ce n'est pas un souvenir de voyage ! Vous êtes encore jeunes. Considérez sérieusement votre avenir avec un mari stable.

Notre mère soupire :

— Nos filles ne pensent qu'à leur carrière.

À ce moment, mon frère Nobuki l'interroge :

— Ça fait plus de quarante ans que vous êtes mariés. Quel est ton meilleur souvenir ?

Maman réfléchit. Son silence dure un certain temps. Elle a subi deux fausses couches avant ma naissance. Après est venue Anzu, encore une fille, alors que papa souhaitait un garçon. Je l'aide en plaisantant :

— Ça doit être la naissance de Nobuki.

L'air perdu, elle ne répond pas. C'est grave si elle ne s'en souvient plus. Au bout d'un moment, elle déclare :

— C'était un accident. J'avais presque quarante ans. Je ne voulais pas avoir un bébé à mon âge, garçon ou fille.

Nobuki s'exclame d'un ton moqueur :

— Moi, un accident ? Merci !

En jouant avec une matriochka, Anzu parle à maman :

— J'ai toujours la *kokeshi* que tu m'avais achetée. Kyôko avait reçu une princesse. Tu te rappelles ?

— Non. Quand ça ?

— Nous étions en maternelle, un an avant la naissance de Nobuki.

Notre mère secoue la tête. Anzu ajoute :

— Ce jour-là, tu avais aussi acheté un gros gâteau au chocolat. Le soir, nous l'avions dévoré avec papa. J'étais très excitée toute la journée.

Étonnée, je regarde ma sœur. Elle n'avait que quatre ans, mais elle aussi garde cet incident en mémoire. Cependant, je suis sûre qu'elle n'a pas vu notre père dans sa voiture. Je tourne la tête vers papa, qui se met à bavarder avec Nobuki.

— Je ne m'en souviens pas, dit maman.

La soirée se termine. Après le départ de mon frère et de sa famille, Anzu et moi faisons la vaisselle. Je songe à mon patron, qui voyage maintenant seul en Irlande. En essuyant une assiette, ma sœur me pose des questions :

— Ton amie américaine a-t-elle aimé ton présent ?

— Quel présent ?

— Le vase que j'ai fabriqué.

— Ah, ton vase d'ikebana… Oui, très contente, elle m'a écrit pour me remercier.

— Le titre "Lily of the field" lui a plu ?

— Oui, certainement. Elle a même nommé son jardin No-no-yuri.

— Elle comprend donc le japonais !

— Non, une Japonaise là-bas l'a aidée.

De bonne humeur, Anzu fredonne une chanson populaire. Je reste silencieuse. Elle reprend :

— Peu avant le Nouvel An, tu avais rompu avec un homme. En as-tu un autre depuis ?

J'hésite :

— Oui…

— Est-il marié lui aussi ?

— Non, divorcé, père d'un enfant.

Surprise, ma sœur commente :

— C'est rare que tu fréquentes un célibataire. Tu pourrais venir avec lui pour le *Bon.* Nos parents se réjouiront.

— Non, ce ne sera pas possible.

— Pourquoi ?

— Il veut m'épouser.

— Je comprends. Le mariage n'est pas ton style.

Ce soir, vers dix heures, je déclare enfin à monsieur Green que je romps avec lui. Ayant reçu mon message sur son portable, il m'écrit sans tarder : "Je m'en doutais, Kyôko-*san.* Pas de problème, je respecte vos sentiments. Nous serons seulement directeur et secrétaire. À bientôt !" Cette réponse plutôt calme m'impressionne et me soulage à la fois. Je me dis : "Il n'est pas si mauvais que je l'imaginais."

Nous sommes à la fin du mois de juin, au plus fort de la saison des pluies. Il fait chaud et humide tous les jours. J'ai de légers maux de tête de temps à autre et je dois prendre des antalgiques. À part cela, tout me semble bien aller.

Monsieur Green et moi ne nous voyons plus en dehors du travail. Il a compris qu'il n'y avait pas de possibilités que je lui revienne. Au bureau, nous nous comportons normalement comme si de rien n'était. Je recommence à aller seule au bar X. Je prétexte au chef barman que "ma connaissance" a quitté le Japon.

Mes collègues évoquent le fait que monsieur Green n'est pas de bonne humeur ces derniers temps. Nos ventes des produits occidentaux stagnent toujours, en dépit de toute la publicité. Il s'est mis à réduire le nombre de conseillères beauté et à presser les attachés commerciaux plus que jamais. Quatre mois ont passé depuis la visite des responsables américains. Mon patron n'a toujours pas reçu de réponse positive concernant la division des produits maison.

Un matin pluvieux, alors que je prépare une lettre pour le siège social, monsieur Green m'appelle sur la ligne interne. Il me demande :

— Apportez-moi un café au lait sans sucre, s'il vous plaît.

Je m'étonne. Ce n'est pas mon rôle. Je l'interroge :

— Madame S. est-elle absente aujourd'hui ?

— Elle n'est plus là. Je l'ai licenciée par l'entremise de son agence.

Je n'en crois pas mes oreilles.

— Comment ça ? On a besoin d'elle…

Il me coupe sèchement :

— Photocopier et préparer le café sont des tâches faciles. J'ai déjà confié ce poste à une autre employée. Et vous m'apporterez mon café ici.

Il raccroche. Je me sens étrange. L'affectation d'un tel poste relève de madame K., la directrice du personnel. Mécontente, je vais dans la kitchenette. Là, je vois mademoiselle N., l'ancienne assistante de monsieur Green, qui manipule gauchement la cafetière. Elle me salue sur un ton ironique :

— Voilà mon nouveau poste, l'*ochakumi* ! Le directeur adore cette vielle coutume japonaise. Il m'a relevée de mes fonctions dans la division des produits maison. Au lieu de me congédier, il m'a assignée à cette honorable mission. Quelle gentillesse !

Confuse, j'apporte une tasse de café à mon patron. L'air satisfait, il me lance :

— Merci, Kyôko-*san* ! Continuez de bien travailler.

Quand je reviens dans mon bureau, je reçois un appel de mon collègue L. Il me propose de déjeuner à l'italien d'à côté. Cela fait des mois que je n'y suis pas allée. À vrai dire, j'évitais de le voir pendant que je fréquentais mon patron. Je regarde vers la fenêtre. Il pleut toujours. Alors que j'hésite, il annonce :

— Kyôko, j'ai deux nouvelles : l'une concerne le travail et l'autre est une surprise.

Intriguée, j'accepte finalement.

J'entre dans le restaurant. Mon collègue m'attend à une table à l'écart en lisant un magazine. Nous commandons des spaghettis à la napolitaine. Aussitôt installée, je l'interroge :

— Quelles sont ces nouvelles ?

— Monsieur Green m'a muté dans la division des cosmétiques occidentaux. Je ne vends plus nos produits maison.

— Pourquoi ce changement ?

— D'après lui, le siège social veut que la division des cosmétiques maison soit gérée uniquement par des Japonais.

— Je ne savais pas…

C'est étrange. Pourquoi mon patron ne me tient-il pas au courant de cela ? En réalité, il communique de moins en moins avec moi. Est-ce une vengeance parce que j'ai refusé sa demande en mariage ?

Mon collègue montre son magazine. C'est un hebdomadaire d'information générale. En ouvrant des pages colorées, il dit :

— Kyôko, regarde cette grosse publicité. Monsieur Green la renouvelle régulièrement.

Je l'examine. Les photos sont belles. Pourtant, leur style paraît trop japonisant et n'évoque en rien des cosmétiques occidentaux. Il poursuit :

— Monsieur Green invite souvent des journalistes à boire au bar en espérant que les médias parleront de lui. On verra bientôt un immense portrait de lui au centre de la publicité.

Je lui raconte que mon patron a renvoyé madame S. qui s'occupait des petites tâches à notre étage et qu'il y a affecté mademoiselle N. Mon collègue renchérit :

— Au nôtre aussi, nous avons perdu la dame qui jouait le même rôle. Monsieur Green aime les réductions de personnel. Mon tour viendra bientôt.

— Pourquoi ton tour ?

— Comme je t'ai dit, il déteste les homosexuels. S'il décide que je n'ai pas rempli mon quota, il me licenciera sur-le-champ.

— J'espère que non…

Je me tais. Mon patron est-il finalement plus méchant que je l'imagine ? Envisage-t-il de me renvoyer, moi aussi ? De fait, il tente maintenant de se débrouiller sans mon aide. J'ai un salaire élevé. Il pourrait me remplacer par quelqu'un de moins coûteux. Mon collègue m'avertit :

— Kyôko, commence à chercher un emploi ailleurs.

Je ne réagis pas. Un instant, je me souviens que monsieur Smith m'avait recommandée à madame K. comme directrice adjointe du personnel. Prévoyait-il pour moi des ennuis avec Monsieur Green ?

Je change de sujet :

— Alors, quelle est la surprise ?

L. déclare joyeusement :

— Je me marie dans six mois.

— Quoi ? Mais, avec…

— Avec un Espagnol. Nous célébrerons notre mariage dans son pays et nous habiterons là-bas. J'ai hâte de remettre ma démission !

— Vous vous connaissez depuis longtemps ?

— Trois mois. Un coup de foudre réciproque.

— Tu as de la chance.

— Absolument ! J'espère que ça t'arrivera aussi un jour.

Mon collègue mange ses spaghettis de bon appétit. Je regarde dehors. Il pleut à verse. Je pense à mon avenir.

On est déjà en octobre.

Je travaille toujours chez Anderson mais espère démissionner bientôt. Je cherche un emploi dans une autre entreprise américaine, à Tokyo. Récemment, j'ai trouvé plusieurs offres. Malheureusement aucune ne proposait un salaire aussi élevé que l'actuel. D'ailleurs, leurs descriptions de fonctions ne visaient pas quelqu'un de mon niveau mais seulement une assistante. Je poursuis ma prospection.

C'est mercredi. Je me réveille tôt. Après avoir pris une douche, je prépare mon petit-déjeuner habituel : croissant au beurre, yaourt, salade de fruits et café. J'ai été malade pendant deux jours, et aujourd'hui je retourne enfin au bureau. En mangeant, je revois le visage de monsieur Green. Il devient de plus en plus sec et autoritaire envers moi. Quand je donnerai ma démission, il se réjouira.

La semaine dernière, comme prévu, je me suis rendue à Singapour. Cette fois-ci, j'ai accompagné le directeur de la division des cosmétiques maison, ce qui était une première. Je lui ai servi d'interprète. Là-bas, nous avons rencontré de nouveaux clients. Le travail était intense. Épuisée, je me suis reposée chez moi pendant le week-end. Néanmoins, lundi et mardi, j'avais mal à la tête et ne pouvais pas sortir.

Lorsque j'ai eu un premier malaise lundi matin, j'ai téléphoné à mon patron pour l'informer de mon absence. Puisqu'il ne m'a pas répondu, j'ai laissé un message. J'ai également contacté la directrice du personnel. Madame K. a compati à mon état et a dit que monsieur Green était peut-être occupé avec un client.

Même chose hier matin. J'ai tenté à nouveau de le joindre, mais toujours pas de réponse. Madame K. m'a répété qu'il devait être encore pris avec un client. C'est bizarre, quand même. Et tard dans l'après-midi, ma migraine s'est calmée. Cette fois, j'ai directement communiqué avec madame K. et lui ai annoncé mon retour pour aujourd'hui.

Je m'installe à ma table de toilette et commence à me maquiller soigneusement. Mon visage convalescent paraît inerte. Je mets un rouge à lèvres plus vif que d'ordinaire. Puis je me vêts d'un tailleur de luxe acheté à Singapour et me tiens debout devant le miroir. Pas mal. Au moins, ce nouvel ensemble me met d'humeur à ressortir.

Je quitte mon appartement vers sept heures et demie. Bien que le soleil soit doux, il souffle un vent frais. Je me dépêche d'entrer dans la station de métro. En marchant, je songe à mon ex-patron, monsieur Smith. Grâce à lui, j'ai pu pleinement pratiquer ma profession pendant treize ans. Il me manque. Monsieur Green est un véritable salaud. Il faut que je trouve un autre emploi le plus tôt possible… Je soupire.

Sortie du métro, j'approche de notre tour d'un pas lent.

— Attends-moi, Kyôko !

C'est mon collègue L. Je le salue. Il me demande :

— Ou étais-tu hier et avant-hier ?

— Chez moi. J'étais un peu malade.

— Désolé, je ne savais pas. Que penses-tu de ce qui se passe en ce moment ?

Sa question me rend perplexe.

— De quoi tu parles ?

Il s'écrie :

— Oh, mon Dieu ! Tu es la secrétaire de monsieur Green et tu ignores cette nouvelle !

Je le fixe, encore embarrassée. L. baisse le ton :

— Il s'agit de la division des cosmétiques maison.

— Elle a l'air toujours florissante. Quel est le problème ?

Je lui mentionne mon voyage à Singapour, où des grands magasins se sont enthousiasmés pour nos produits. Il me chuchote :

— Un conglomérat japonais va acheter cette division en entier !

— Comment ça ?!

— D'après mes spéculations, Anderson discutait avec ce conglomérat avant le départ de monsieur Smith. Monsieur Green est donc devenu directeur sans rien savoir de tout cela. Et quand les responsables américains ont visité notre succursale en février dernier, ils connaissaient déjà cette éventualité.

Mon collègue ne me dévoile pas la source de cette rumeur. Peu importe, on apprendra bientôt la vérité. Je murmure :

— Pourquoi vendre l'atout principal de la succursale…

L. hausse les épaules :

— Je ne sais pas.

Je me rappelle le dernier message d'O. : "Anderson ne semble pas en bon état." Je ne l'ai pas pris au sérieux. Je me demande si notre succursale va éventuellement fermer. Alors que L. poursuit, d'autres employés se rapprochent de la porte d'entrée. Pressés, nous prenons l'ascenseur pour nous rendre chacun à notre étage. Il faut que je parle avec monsieur Green. J'espère qu'il est de retour au bureau.

La porte du directeur est fermée à clé. J'entre dans mon bureau. D'abord, je range les papiers accumulés pendant mon absence. Puis j'écoute les messages sur mon répondeur mais aucun n'est de monsieur Green. Où se trouve-t-il ? Il manque de professionnalisme. Une telle chose ne serait jamais arrivée avec monsieur Smith.

"Un conglomérat japonais va acheter la division des cosmétiques maison en entier." J'ai du mal à croire à cette rumeur. Mais si elle s'avérait, cette compagnie va-t-elle "acheter" aussi monsieur Green ? Il a des relations étroites avec les clients de la division en question. Pourquoi pas ? Ainsi, je pourrai garder mon poste actuel sous un nouveau directeur…

Je vais à la réception récupérer le courrier. Je croise madame K.

— Ah vous voilà, Kyôko-*san* ! Je suis ravie de votre retour en forme.

Je la remercie et lui demande où est mon patron. Elle me répond de façon un peu évasive :

— Le directeur paraît pris par un rendez-vous important.

Puis elle m'invite à venir dans son bureau, car elle doit m'informer d'une chose importante. Je la suis tout de suite. En fermant la porte, elle m'annonce :

— C'est à propos de la division des cosmétiques maison.

Ça y est. J'affecte l'ignorance :

— Pardon ?

Elle me répète ce que je viens d'entendre de mon collègue. Je l'interroge :

— Les employés de cette division vont aussi partir ?

— Oui, naturellement. Mais à part cela, rien ne changera ici, personne ne perdra son emploi. Soyez assurée qu'on veut absolument vous garder, vu vos capacités.

Je ne réagis pas. Monsieur Green demeure donc ici. Quelle déception ! Maintenant, madame K. me parle de l'avenir de la succursale : le personnel restant deviendra majoritairement non japonais et communiquera ici en anglais. Quand elle s'arrête, je lui demande :

— L'automne dernier, vous avez fait allusion à votre retraite cette année. Quand nous quittez-vous exactement ?

— Avant les vacances de Noël.

Elle me rappelle qu'elle et son mari partiront vivre en Nouvelle-Zélande. Elle démissionnera donc dans deux mois. J'éprouve de la tristesse à cette nouvelle, bien que je ne sois pas particulièrement proche d'elle. Elle continue avec un air nostalgique :

— J'ai travaillé vingt ans sous la direction de monsieur Smith. C'était une personne solide, dynamique, d'un bon caractère. Il a été génial de créer cette division-là.

Je l'interromps :

— Monsieur Smith prévoyait-il que le siège social la vendrait éventuellement à une compagnie japonaise ?

L'air étonné, elle me fixe et répond en secouant la tête :

— Ça, je n'en sais rien.

Après un instant de silence, elle lance avec gaieté :

— Tout est déjà décidé. Continuons de travailler avec entrain !

Je me tais. L'avenir de la compagnie Anderson ne me regarde plus. Il est bel et bien urgent que je trouve un emploi ailleurs. Au moment où je me lève, madame K. m'arrête :

— Attendez, Kyôko-*san*. J'ai une invitation pour vous.

— Une invitation ?

— Oui. J'ai une amie proche qui organise des rencontres en groupe.

— Vous parlez d'un *gôkon ?*

— Oui. Ça vous intéresse ?

Je m'écrie :

— Oh non ! Mes parents m'embêtent déjà assez avec des propositions de *miaï*.

Madame K. rit :

— Vous ne serez pas obligée de vous marier !

Elle m'explique avec enthousiasme. Le prochain *gôkon* aura lieu samedi, et cette fois-ci, son amie a choisi dix personnes instruites comme moi : cinq hommes et cinq femmes.

— Ce samedi ? Pourquoi à la dernière minute ?

— Une femme a dû annuler ce matin à cause d'un travail urgent et mon amie a demandé mon aide. J'ai aussitôt pensé à vous.

Je plaisante :

— Votre amie cherche donc une remplaçante.

— Qu'importe. La cotisation et le restaurant ont déjà été payés. Vous n'aurez qu'à vous y présenter.

J'hésite. Madame K. s'excuse :

— Pardon ! Avez-vous déjà quelqu'un dans votre vie ?

— Pas en ce moment.

— Alors, profitez-en ! Mon amie a besoin d'une réponse aujourd'hui. Si vous ne la contactez pas, elle trouvera quelqu'un d'autre. Voici ses coordonnées.

Madame K. me tend une carte de visite. Je murmure :

— Merci, mais je ne pense pas que…

Elle insiste en souriant :

— Ce n'est qu'un dîner, Kyôko-*san*. Amusez-vous bien !

Revenue dans mon bureau, je me mets au travail.

J'écoute à nouveau les messages téléphoniques puis consulte mes e-mails. Il y a des invitations à dîner pour monsieur Green et des confirmations de rendez-vous. Certains clients sont pressés de recevoir une réponse, mais je ne peux rien faire. Je commence les rapports sur mon voyage à Singapour que je dois envoyer au siège social à New York avec l'approbation de mon patron. Après, je calculerai mes dépenses que le service de la comptabilité me remboursera.

Il est déjà dix heures. En bâillant, je vais me chercher un café. Dans la kitchenette, mademoiselle N. est en train de le préparer. Assise sur une chaise, j'observe ses mouvements toujours gauches. Elle grommelle :

— Cette cafetière est hors d'âge. Il faut en acheter une plus récente, n'est-ce pas ?

— Tout à fait.

Je la plains mais lui réponds le moins possible. Lorsqu'elle débutait en tant qu'assistante de monsieur Green, elle me contactait souvent pour me demander conseil et je l'aidais avec patience. Son attitude reconnaissante et positive me plaisait. En revanche, elle a très vite voulu parler de sujets plus personnels et je l'évite depuis.

Le café est prêt. Elle place des tasses sur un plateau. C'est pour les cadres de la division des cosmétiques occidentaux. Au moment de sortir de la kitchenette, elle se retourne :

— Kyôko-*san*, ce vendredi sera mon dernier jour.

— Pardon ?

— J'ai donné ma démission il y a une semaine.

Je la regarde, stupéfaite. Elle ajoute d'un ton enjoué :

— Mon honorable *ochakumi* arrive à son terme dans deux jours.

Je ne sais que dire. Elle me jette un sourire ironique :

— Bonne chance, Kyôko-*san* !

Elle part. Quelle chance me souhaite-t-elle ? Elle se moque de moi ? Monsieur Green m'ordonnera-t-il de la remplacer ? Ce serait ridicule et impossible.

Je m'approche de la fenêtre avec une tasse. Sous le ciel gris s'étendent les innombrables bâtiments. J'observe distraitement les nuages sombres. Il pleuvra cet après-midi.

J'ai travaillé avec fierté dans cette entreprise treize ans et demi. Je n'imaginais jamais que les choses tourneraient aussi mal. Ce japonophile doucereux en apparence a un côté très peu rationnel. Pour augmenter les ventes de produits occidentaux, il a beaucoup investi dans la publicité tout en réduisant le personnel. Je quitterai Anderson probablement avant les vacances de Noël, en même temps que madame K. J'ai assez d'économies et n'ai pas besoin de trouver un autre emploi tout de suite.

Sans savoir pourquoi, j'ai envie de pleurer. Le mot “vide” me traverse l'esprit. Je revois O., qui m'a dit : “Sans toi, ma vie est vide.” Les visages de mes amants défilent dans ma tête. Les hommes que j'ai choisis pour vivre une aventure comme monsieur Green. Je n'ai aucune nostalgie pour eux, mais seulement un sentiment de vide. Est-ce parce que je n'ai jamais été amoureuse de personne ? Non, au fond de mon cœur, j'ai toujours eu peur d'être trompée…

Soudain, ma poitrine se serre. Je commence à respirer avec difficulté. Je n'ai jamais eu un malaise pareil. Suis-je malade ? Ce n'est pas possible. Mes maux de tête ont presque disparu. Ça doit être dû à l'angoisse causée par cette situation stressante. Assise sur une chaise, j'attends que la douleur se calme. Trois minutes plus tard, je me sens mieux et me rends aux toilettes, où il n'y a personne. Là, je pleure en étouffant ma voix.

Je reviens dans mon bureau et me remets à travailler. Mais j'ai du mal à me concentrer. Au bout d'un moment, je sors de ma poche la carte de visite que m'a remise madame K. Je lis les coordonnées de son amie qui attend mon appel aujourd'hui. Elle s'appelle madame Z. Un dîner avec cinq hommes de professions libérales et quatre autres femmes. Je n'ai jamais imaginé me trouver un partenaire par *gôkon*. Au contraire, je mésestime ce genre de réunions. Je réfléchis. Après tout, ce n'est qu'une soirée avec des nouvelles têtes. Ça pourrait être une bonne distraction.

Je lui téléphone. Madame Z. s'exclame :

— Vous êtes Kyôko Niré ! Merci d'accepter mon invitation.

Je la remercie pareillement. Elle m'indique le lieu et l'heure de la soirée puis me demande d'arriver à sept heures au plus tard. Elle m'assure que ce *gôkon* ne m'obligera à rien de plus. Si toutefois, dit-elle, je souhaitais devenir membre de son club, je serais la bienvenue. Elle ajoute en riant :

— À condition que vous soyez toujours célibataire, bien entendu !

Il est presque midi. Mon patron n'est finalement pas revenu. Je me prépare pour sortir déjeuner. À la dernière minute, je téléphone à mon collègue L. pour l'inviter à me rejoindre à notre restaurant habituel. Il répond :

— Kyôko, tu m'appelles au bon moment ! Je viens d'apprendre des choses incroyables.

— Encore ? Sur qui ou quoi ?

— Sur monsieur Green. C’est un scoop ! Je te raconterai à table. À tout de suite !

Mon collègue et moi sommes à l'italien. Il me demande :

— Sais-tu que mademoiselle N. démissionne dans deux jours ?

— Oui, je viens de l'apprendre. Mais quel rapport avec monsieur Green ?

— Elle a écrit au siège social une lettre l'accusant.

Je m'écrie :

— Quoi ?! À cause de sa rétrogradation ?

— Non. Monsieur Green insistait pour qu'elle "s'occupe" d'un client amoureux d'elle.

Je détourne le regard. Cette histoire m'évoque naturellement mon expérience sur le bateau-mouche. L. ajoute :

— Elle était sa maîtresse.

— Sa maîtresse ?

Il hoche la tête, d'un air sûr. Je l'interroge :

— Depuis quand ?

— Ça a commencé avant le *golden-week* dernier. Monsieur Green a invité N. au bar sachant qu'elle adore l'alcool. Elle a trop bu. Il en a profité pour la ramener dans son appartement.

Mon Dieu, il lui a fait le même coup qu'à moi ? Je bégaie :

— L'a-t-il violée ?

— C'est une question délicate. Monsieur Green est très habile en paroles auprès des femmes. N. a pu être facilement trompée. Le problème : il l'a séduite en lui promettant de la prendre comme secrétaire.

— Quoi ? Envisageait-il alors de donner mon poste à cette jeune employée ?

— Ça en a tout l'air, à condition qu'elle accepte de devenir son amante.

— Je ne comprends pas. Elle n'a pas les compétences pour mes fonctions.

— Je sais. Mais c'est une fille naïve. Elle a pris cette promesse au sérieux. Ensuite, ils sont partis ensemble en Irlande pendant le *golden-week*.

Je reste ahurie. Il était donc avec cette fille lorsque je lui ai signifié notre rupture. L. poursuit :

— Leur relation s'est terminée lorsque monsieur Green lui a dit de “s'occuper” d'un client. Très fâchée, elle s'est écriée : “Tu veux que je devienne prostituée ?!”

Je murmure :

— Il est fou…

L. enchaîne :

— N. a aussi dévoilé au siège social que monsieur Green détournait de l'argent de la compagnie pour ses voyages personnels, ainsi que pour ses alcools très chers, sous couvert de frais de réception ou de charité.

Je revois l'appartement de monsieur Green. Il y avait toujours une dizaine de scotchs, tous de grandes marques. L. ajoute :

— Monsieur Green est alcoolique.

— Je ne savais pas… Où se trouve-t-il maintenant ?

— Probablement chez lui, interdit pour le moment de se présenter au bureau.

— Sera-t-il licencié ?

— Je crois que oui, si le siège social vérifie que les plaintes de mademoiselle N. sont fondées. De toute façon, il n'a rien fait de particulier pour la succursale. Au contraire, il a inutilement débauché des employés. C'est facile de se débarrasser de lui.

— En effet…

Je me tais. Un instant, L. me fixe dans les yeux :

— As-tu jamais eu d'ennuis avec lui ?

Je nie immédiatement :

— Oh, non ! Ma relation avec lui a été strictement professionnelle, comme avec monsieur Smith. Tu sais bien qu'il a toujours été très sévère envers moi.

Je suis au lit. Le réveil indique presque dix heures. L'esprit agité, je ne pense pas pouvoir dormir. J'espère que mon patron sera licencié immédiatement.

J'ai envie d'en parler à quelqu'un. Je songe à ma sœur, mais renonce. Je n'ai pas l'habitude de lui téléphoner. D'ailleurs, elle ne connaît pas l'existence de monsieur Green. Lors du dernier *golden-week,* je lui ai seulement laissé entendre que mon amant était divorcé et père d'un enfant. Sans savoir qu'il voyageait en Irlande avec mademoiselle N. Ce n'est pas étonnant qu'il ait réagi comme un gentleman à mon message de rupture.

Je feuillette un magazine de mode. Pendant un instant me reviennent à l'esprit ma douleur à la poitrine, mon sentiment de vide, de désespoir. Je me revois aussi pleurant aux toilettes. Cela ne me ressemble pas. Je veux absolument oublier cela. Je secoue la tête et expire violemment, comme pour tout effacer. Puis je reprends ma lecture.

Il y a des photos de mannequins en élégants manteaux d'hiver. Le *gôkon* a lieu dans trois jours. Je me demande comment m'habiller. D'après l'organisatrice, tout le monde est censé porter une tenue de ville. Cela fait longtemps que je n'ai pas participé à un dîner de groupe en dehors du travail. J'irai simplement pour m'amuser, comme madame K. m'y encourage. Je suis sûre que j'attirerai l'attention de tous les hommes.

Le téléphone fixe sonne. Qui est-ce, si tard ? Je redoute un moment que ce soit monsieur Green. À contrecœur, je regarde le nom. Tiens ! C'est ma sœur.

— Allô, Anzu. Qu'est-ce qu'il y a ?

— Rien de spécial. Juste pour savoir si tu vas bien.

— C'est gentil. Après un voyage d'affaires à Singapour, j'ai été un peu malade, mais je me sens en forme maintenant.

Elle s'exclame :

— Après Moscou, tu as déjà fait un autre voyage !

J'annonce :

— On va bientôt avoir un nouveau directeur.

— Ah bon ? L'actuel a-t-il été promu ailleurs ?

— Non, il sera renvoyé. Il ne mérite que ça, car il n'est pas compétent.

— C'est tellement américain. Depuis quand occupe-t-il ce poste ?

— Dix mois.

— Si peu ? Est-il arrivé à la succursale en tant que chef ?

— Non, il avait déjà travaillé sept ans comme directeur adjoint.

— Et il perd ainsi son emploi ? C'est dommage.

Je n'ai pas envie de lui expliquer les détails. Anzu me parle de l'époque où elle était employée d'une succursale de T., une grande entreprise de produits pharmaceutiques. Son chef d'équipe de l'époque est à présent le directeur de la succursale, approchant de la retraite. Elle enchaîne :

— Mon supérieur n'était pas particulièrement brillant, mais il savait encourager ses subordonnés et maintenir une ambiance très agréable. Nous travaillions en harmonie. Sous sa direction, les affaires semblent d'ailleurs toujours prospères.

— Tant mieux pour les employés. Mais les compagnies américaines ne fonctionnent pas ainsi. Chacun doit être indépendant et efficace.

— Nous ne sommes pas des machines, Kyôko. Je ne peux pas penser d'une manière aussi simpliste. Chacun a ses propres compétences et on doit le respecter.

Quelle naïveté ! Elle n'était que commis et elle a démissionné peu après son mariage. Elle ne connaît que son petit univers fermé. Je lance :

— Tu as raison, Anzu, mais une entreprise n'est pas une œuvre de charité.

Puis je change de sujet :

— Comment vont nos parents ? Comptent-ils habiter dans une résidence ?

— Ils vont bien et souhaitent continuer de vivre dans leur propre maison.

Ma sœur raconte comment ils passent leurs journées. Ils sont très attachés à leurs petits enfants : son fils et les deux filles de notre frère cadet. Ils la poussent toujours à se remarier et espèrent que je leur présenterai bientôt mon fiancé. Brusquement, j'annonce :

— Je vais te révéler un secret sur papa que je garde depuis l'enfance.

— Quel secret ?

Je lui remémore d'abord le souvenir du jour où maman nous a acheté des poupées. Alors qu'elle cherchait un gâteau dans une pâtisserie, nous jouions dehors. Anzu me répond :

— Oui, je m'en souviens. C'était en revenant d'une visite à Matsue. Là-bas, nous avions rencontré un couple de poissonniers. Et alors ?

— En attendant maman, j'ai vu la voiture de papa garée de l'autre côté de la rue. Il était dedans et une belle femme l'y a rejoint.

Anzu m'interrompt :

— Ah ça, je me rappelle aussi de cet incident.

Sa réponse me surprend. Elle l'avait aussi remarqué, comme dans le rêve que j'ai fait au début de cette année. Je lui demande :

— As-tu raconté cela à maman ?

— Non, jamais. Je sentais que ce ne serait pas agréable pour elle.

— Tu savais que papa avait une maîtresse ?

— Je n'avais que quatre ans, je ne l'imaginais pas ainsi. Mais maman se plaignait que papa rentrait tard de son travail. Et quand j'ai vu cette dame, j'ai compris pourquoi. Sais-tu qui c'était ?

— Non…

Ma sœur poursuit :

— Elle était employée dans une banque. Je l'ai revue par hasard alors que j'accompagnais maman. Elle discutait avec un client, vêtue d'un uniforme bleu.

Ces détails aussi m'étonnent. Je l'interroge :

— As-tu jamais mentionné cette histoire à papa ?

— Non, jamais. À quoi ça servirait ? Après tout, nos parents ont survécu à leur mariage et maintenant papa s'occupe très bien de maman.

On est samedi. Ce soir, je vais dîner avec neuf autres célibataires. Tous seront là en vue d'un mariage, sauf moi. Habillée chic, je pars en taxi à l'adresse indiquée par notre hôtesse madame Z.

J'arrive à sept heures. C'est un restaurant galicien que je ne connais pas. À l'entrée, il y a un vase de roses rouges fraîches. Un serveur en costume traditionnel m'accueille chaleureusement et appelle madame Z. sur son portable. Bientôt apparaît une dame raffinée d'une soixantaine d'années. Elle me salue d'un large sourire :

— Bonsoir, vous devez être Kyôko Niré.

Je la remercie à nouveau pour son invitation. Elle s'exclame :

— Mon amie a raison ! Vous êtes vraiment belle et élégante.

Je lui tends deux présents : un pour elle et l'autre pour la personne qui a dû annuler à la dernière minute. La dame s'exclame encore :

— Quel geste attentionné ! C'est vous qui nous aidez.

Elle m'explique que son mari et elle ont commencé cette activité il y a trois ans et que leur club devient de plus en plus populaire parmi les gens de ma génération. Elle m'annonce fièrement qu'à ce jour, vingt-cinq couples se sont formés. Je commente d'un ton taquin :

— Vingt-cinq ! J'espère alors rencontrer ce soir l'homme de ma vie.

Elle chuchote :

— Kyôko-*san,* c'est entre nous, mais je crains que tous les hommes ne s'éprennent que de vous.

Je réagis modestement :

— Vous me flattez, madame ! Chacun ses goûts, c'est pour cela que je reste célibataire.

— Je ne vous crois pas. Vous avez beaucoup de soupirants mais vous n'avez pas le désir de vous marier. J'espère que cela changera aujourd'hui.

Madame Z. me guide à l'intérieur. Nous passons entre des tables toutes décorées de roses rouges. Je marche gracieusement. Mes longs cheveux noirs se balancent. Les clients se retournent vers moi. J'entends un homme murmurer : "Quelle beauté !"

Nous entrons dans une salle de réunion. Les autres invités sont déjà installés à une longue table. Il semble que je sois la dernière à arriver. Madame Z. fait signe à son mari de s'approcher. C'est un gentleman aux cheveux tout gris. Lui aussi me loue :

— Quelle élégance !

La pièce donne sur une terrasse munie de fauteuils en rotin et de guéridons bas. Les organisateurs m'expliquent qu'après le dessert on y servira le café et distribuera la liste des coordonnées des participants.

Madame Z. m'amène à mon siège. Avant de m'y installer, je salue mes deux voisins, visiblement sidérés par mon apparence. Devant moi, un carton affiche mon nom. On m'apporte un verre de vin blanc de Galice. C'est délicieux. Je sens le regard des femmes mêlant admiration et jalousie. Elles doivent observer mes traits réguliers, mes vêtements de qualité, ma coiffure qui me rajeunit. Je leur jette un sourire poli et amical et chacune me répond pareillement. Je suis la plus belle, pensé-je. Cela me rend déjà très satisfaite.

J'examine les hommes rapidement. Pas mal ! Ils sont tous plus beaux que je l'imaginais. Ça vaut la peine d'avoir accepté l'invitation. Tous portent une cravate, sauf celui en face de moi. Celui-ci a l'air plus décontracté que les autres. Je lis son nom sur son carton : Yûji Yamada. Un nom facile à retenir.

Monsieur Yamada est vêtu d'un chandail à col roulé bleu foncé. Sa tenue n'est pas de mon goût, la couleur non plus. Sa physionomie ne m'évoque rien de spécial. Malgré tout, il m'attire. Je ressens même des palpitations. Cette agitation inattendue me trouble. Je le fixe. Gêné, il me sourit. Soudain, je sens mes joues brûlantes ! Je détourne les yeux.

L'organisateur prononce l'ouverture et nous propose de porter un toast. Les invités paraissent un peu tendus. Monsieur Z. plaisante :

— Ce n'est pas une réunion de travail. Ce soir, vous ne discutez pas économie, science ou éducation. Vous êtes ici pour tomber amoureux !

Quelqu'un rit fort et l'ambiance se détend enfin. En revanche, je suis de plus en plus bouleversée par l'homme en face de moi. Mon cœur bat la chamade. Est-ce cela qu'on appelle un "coup de foudre" ? Je baisse la tête pour masquer mon trouble.

Le dîner commence. On nous propose en hors-d'œuvre du poulpe à la galicienne dont la chair est tendre et exquise. Puis vient une soupe savoureuse nommée "caldo". Sa consistance épaisse me plaît. Alors que nous attendons les plats principaux, madame Z. demande aux femmes de se présenter : nom, lieu de naissance, profession et passe-temps. Mon tour arrive en dernier.

Il y a une pédiatre, une conseillère, une travailleuse sociale et une infirmière. Elles s'expriment posément. À la dérobée, j'observe Yûji Yamada les écouter, les bras croisés. Son regard se tourne vers l'infirmière vêtue d'un chemisier rose pâle. Je la trouve sympathique et féminine. Son visage innocent est celui d'une fille de la campagne. Lorsqu'elle annonce "J'aime cuisiner et me promener dans la nature", Yûji Yamada écarquille les yeux. Cela suscite ma jalousie. Je ne veux surtout pas qu'elle le séduise.

Maintenant, je me présente :

— Je m'appelle Kyôko Niré. Je suis originaire de Yonago, de la préfecture de Tottori. Après mes études en littérature américaine à l'université M., j'ai emménagé à Tokyo. Depuis, je travaille comme secrétaire de gestion pour Anderson, une société commerciale américaine. J'adore voyager et visiter des musées d'art contemporain.

Je m'abstiens exprès de mentionner ma passion pour la mode et le vin. Yûji Yamada m'écoute très attentivement. Ses bras ne sont plus croisés. Nous échangeons un sourire. Je vois qu'il s'intéresse à moi, comme tous les autres. Mon excitation croît. Quelle que soit sa profession, il sera à moi ! Ma détermination me surprend.

Ensuite, l'organisateur désigne monsieur Yamada. L'air gêné, celui-ci commence :

— Je suis né à Sendaï. J'ai terminé mes études de chimie à l'université du Tôhoku. À Tokyo, je travaille comme chercheur dans la compagnie pharmaceutique T. Je n'ai que peu de passe-temps, sauf, si j'ose dire, de jouer au *shôgi* et de contempler des objets d'art ancien.

La compagnie T. ? C'est dans sa succursale de Yonago que ma sœur avait été commis. Il aime l'art. Nous avons alors des choses en commun. Il n'est pas amateur de sport et cela me rassure. Peu importe d'ailleurs ! Il s'est complètement emparé de mon cœur et je ne veux pas le perdre. Il a l'air timide. Ce sera à moi de prendre l'initiative…

Après monsieur Yamada, les autres hommes se présentent. Il y a un prof d'économie à l'université, un médecin, un expert-comptable agréé et un avocat. Je ne les écoute même pas.

Il est presque onze heures. Je viens de rentrer chez moi.

Après le *gôkon*, Yûji m'a raccompagnée. Pour la première fois de ma vie, j'ai accepté qu'un homme arrête sa voiture devant mon appartement. Avant de nous quitter, nous nous sommes promis de sortir ensemble demain après-midi.

Je prends une douche rapide. Puis je me repose sur le canapé en feuilletant un magazine de mode. Je songe au *gôkon* de ce soir, qui m'a beaucoup réjouie. J'ai attiré l'attention de tout le monde et j'ai captivé l'homme dont je suis tombée amoureuse.

Au restaurant, après le dessert, lorsque nous nous sommes déplacés sur la terrasse, je me suis aussitôt rapprochée de lui. Je voulais absolument le monopoliser. Je ne voulais pas qu'il parle avec d'autres femmes, particulièrement l'infirmière. D'abord, je lui ai posé des questions sur ses recherches en chimie. Cela lui a plu et il m'a répondu avec enthousiasme. Il n'était pas aussi timide que je le pensais. Il m'a demandé :

— Comment est votre ville natale ?

Je lui ai répondu en toute franchise :

— Après deux jours, vous seriez mort d'ennui. Il n'y a rien de spécial, absolument rien !

Il a ri et m'a dit :

— Notre compagnie a une succursale là-bas. J'aimerais bien la visiter un jour.

Par réflexe, je lui ai proposé :

— J'irai voir ma famille à la fin de l'année. Vous pourriez m'accompagner.

Ma spontanéité l'a surpris mais aussi enchanté. Ainsi, nous avons commencé à bavarder.

Tous étaient désemparés que je consacre tout mon temps à celui qui correspondait le moins à mon apparence.

Tout à l'heure, Yûji m'a avoué dans la voiture :

— J'ai été flatté quand vous m'avez adressé la parole. Vous êtes aussi belle et attirante qu'une actrice. J'ai craint toute la soirée la jalousie des autres hommes.

— Ce fut pour moi un coup de foudre. Je ne pensais qu'à vous.

Il a murmuré :

— Quelle chance j'ai eue ce soir, malgré…

— Malgré quoi ?

Il a hésité. J'ai insisté pour qu'il poursuive. Il a lâché :

— Je remplaçais un ami médecin qui avait annulé ce *gôkon* à cause des funérailles de son grand-père.

Je me suis écriée :

— Moi aussi, je remplaçais quelqu'un !

Yûji a été stupéfait. Je lui ai expliqué qu'une des femmes avait dû annuler à la dernière minute en raison de son travail et que l'organisatrice avait alors contacté son amie, la directrice du personnel de ma succursale.

— J'ai accepté cette invitation uniquement pour aider ma supérieure.

Il s'est exclamé :

— Nous avons donc tous les deux profité de cette soirée gratuitement !

Puis il m'a raconté une autre chose inattendue : un camarade de son université travaille dans notre division de cosmétiques maison. Yûji savait même que cette division serait bientôt vendue à un conglomérat japonais. J'ai eu un coup au cœur. Son camarade est-il aussi au courant de la conduite douteuse de monsieur Green ? Je ne veux pas qu'on découvre ma relation avec lui. J'ai pâli et me suis tue. Yûji a lancé d'un ton amusé :

— Mon camarade m'a dit une fois : "Depuis quelques mois, nous avons un nouveau directeur américain. Nous constatons chaque jour que sa secrétaire est plus compétente et intelligente que lui." Et ce soir, j'ai compris qu'il s'agissait de vous !

Il est presque minuit. Je me glisse dans mon lit.

Demain après-midi, Yûji vient me chercher. Je dois bien dormir pour être dans ma meilleure forme. Je frétille de joie comme une adolescente. Quel temps fera-t-il ? Que porterai-je ? Jupe ou pantalon ? Où nous promènerons-nous ? Dans quelle sorte de restaurant dînerons-nous ? Et après, va-t-il m'inviter chez lui ? Ou bien, souhaitera-t-il passer la nuit chez moi ? Non, ce ne sera pas commode car le lendemain, nous travaillons. Nous pourrions quand même avoir au moins un moment intime quelque part.

Surexcitée, je ne parviens pas à m'endormir. Je n'ai jamais éprouvé une telle fébrilité lors d'un rendez-vous avec un homme. Ce que je perçois de Yûji, c'est qu'il n'est pas le genre à tromper sa femme. Après ma mauvaise expérience avec monsieur Green, j'ai reçu ce cadeau inespéré du ciel. Mes aventures sont définitivement terminées. Hantée par le passé de mon père, j'ai gaspillé trop de temps avec mes amants.

Au Nouvel An, Yûji ira seul à Sendaï, sa ville natale. Je le présenterai à ma famille au prochain *golden-week*. Mes parents seront sûrement ravis de rencontrer mon fiancé. J'ai hâte de voir la réaction de ma sœur. Mon changement radical la surprendra, mais elle sera finalement contente de notre union.

Je bâille. Le sommeil me gagne enfin.

Le soleil éclaire doucement l'après-midi.

Yûji et moi nous baladons dans un parc, où les feuilles commencent à rougir. C'était son idée de venir ici. Bien que la nature n'ait pas ma préférence, je me sens très épanouie. En observant les érables et les chrysanthèmes, nous discutons de divers sujets. On se vouvoie toujours. Je prends son bras et lui suggère :

— Peut-on se tutoyer ?

— Bien sûr, Kyôko.

Nous marchons autour d'un grand étang. Les plantes aquatiques poussent en désordre et des canards nagent partout. Ce paysage me rappelle ma petite ville natale pour laquelle je n'ai aucune nostalgie. J'aime la vie citadine. Je lui raconte avec passion mes voyages d'affaires à l'étranger. Il m'écoute attentivement et m'interroge :

— Sais-tu pourquoi ta succursale va céder une division prospère à un conglomérat japonais ?

— Non. C'est la décision de notre siège social à New York.

— Ce changement affectera-t-il ton travail ?

— Oui, j'aurai moins d'occasions de voyager.

— Cela te déçoit ?

— Certainement. Mais j'aurai plus de temps pour ma vie privée. Nous pourrons voyager ensemble, n'est-ce pas ?

Yûji acquiesce avec un sourire tendre. J'ajoute :

— Mon ex-patron et sa femme habitent maintenant à Boston. Ils souhaitent que j'aille les voir. Cette ville m'intéresse. J'aimerais bien la visiter avec toi.

— Pourquoi pas.

Je serre son bras plus fort et pose ma tête sur son épaule. Il y a longtemps que je ne suis pas sortie ainsi avec un homme, sans me préoccuper du regard des autres. Il me demande :

— Tu t'entends bien avec ton patron actuel ?

— Le directeur de la succursale ? Il démissionne sous peu.

— Ah bon ? Il te manquera ?

— Non, pas du tout ! Au contraire, j'ai hâte de travailler avec quelqu'un d'autre.

Je ne veux pas m'attarder sur ce sujet. Je lui suggère de me parler de son ami médecin qu'il a remplacé au *gôkon.* Yûji me répond aussitôt :

— J'ai reçu un appel de lui ce matin. Il voulait savoir comment s'était déroulée la soirée. Je lui ai raconté que j'avais rencontré une femme d'une beauté indescriptible et que j'avais aujourd'hui rendez-vous avec elle. Il m'a crié : "Elle est à moi !"

Je ris, ravie que Yûji soit fier de moi. Je plaisante :

— Même si ton ami avait été là hier soir, cela n'aurait rien changé.

— Comment cela ?

— Imagine ! Si j'avais accepté de sortir avec lui, je t'aurais rencontré de toute façon. J'aurais eu le coup de foudre pour toi et l'aurais quitté.

— Quel honneur pour moi !

Nous échangeons à propos de la soirée. Je découvre qu'il aime aussi les vins et les cocktails. Nous pourrions aller au bar X. la semaine prochaine. Monsieur Green ne le fréquente plus. Le chef barman sera enchanté de me voir avec mon amoureux.

Yûji me suggère :

— Il y a un restaurant qui sert d'excellents vins. On peut y dîner en écoutant du classique ou du jazz. Qu'en penses-tu ?

— Bonne idée ! Nous passerons un moment romantique.

Il sort son portable et réserve une table pour sept heures.

— Où se trouve le restaurant ?

— Tu verras, dit-il. C'est une surprise.

Ça doit être très spécial. J'ai vraiment hâte de discuter de nos fiançailles. Si un mariage lui paraît trop précipité, nous pourrons d'abord cohabiter pour mieux nous connaître. Il sera certainement d'accord avec moi.

Nous nous installons sur un banc. Yûji me parle brièvement de sa famille. Il n'a ni frère ni sœur. Ses parents sont morts lors du séisme au

Tôhoku. Cela fait deux ans et demi. Son père était architecte.

— Et ta famille, Kyôko ?

Je lui explique la mienne : mes parents sont à la retraite, mon père était ingénieur automobile, j'ai une sœur et un frère cadets, tous vivent à Yonago.

— Ton frère, quel métier exerce-t-il ?

— Il est ingénieur civil. Sa femme enseigne le piano. Ils ont deux filles.

— Et ta sœur ?

— Elle tient un magasin de vases d'ikebana.

— Est-elle mariée ?

— Elle est divorcée, mère d'un garçon.

— Son fils habite-t-il avec elle ?

— Oui.

— Quel âge a-t-il ?

— Je crois qu'il a neuf ans.

— Ça doit être dur pour elle d'élever seule son enfant.

— Je ne pense pas. Son ex était coureur de jupons. Depuis son divorce, ma sœur va beaucoup mieux et je suis heureuse pour elle.

Puis je change de sujet. Je n'aime pas perdre nos précieux moments à parler de ma famille. Yûji en saura plus lorsqu'il la rencontrera à Yonago.

Il est presque cinq heures. Nous avons encore du temps avant le dîner. Après notre promenade au parc, Yûji me propose de visiter une exposition d'antiquités, tout près d'ici. Nous y allons à pied.

Nous voilà dans un vieux quartier que je ne connais pas. On traverse une ruelle étroite un peu sombre. Nous entrons dans une boutique où plusieurs personnes vendent toute sorte d'œuvres. Yûji commence à examiner des objets en céramique. À côté de lui, j'observe des bijoux variés assez jolis. Une vendeuse m'interpelle :

— Madame, ça vous irait très bien.

Elle me montre une broche ornée d'une émeraude. Yûji nous rejoint :

— Oui, ça te va très bien, Kyôko. Laisse-moi te l'offrir.

Malgré moi, je décline son offre.

— Merci, mais je n'aime plus cette couleur.

Il me jette un regard interrogatif.

Il est six heures passées. Nous revenons à la voiture et partons pour le restaurant.

Au centre-ville, nous tombons dans un bouchon. Les gens s'impatientent. Yûji conduit prudemment. Je n'ai aucune idée d'où nous allons car il garde encore secrète notre destination. Après notre longue promenade à pied, j'ai faim et hâte de dîner.

Vingt minutes s'écoulent et nous quittons les rues commerçantes. La voiture se dirige désormais vers le nord. Bientôt, nous pénétrons dans un sous-bois. J'observe le chemin éclairé par nos phares. Ici, les feuilles illuminées paraissent plus rouges qu'en ville. Il n'y a que nous dans le noir. J'ai un peu peur alors que Yûji reste très calme.

J'ai un sentiment étrange. Yûji Yamada. Qui est cet homme ? Je ne l'ai rencontré qu'hier. Il est venu au *gôkon* à la place de son ami, et moi pour remplacer une femme inconnue. Bref, les organisateurs, monsieur et madame Z., ne connaissaient rien de Yûji ni de moi. La seule information dont je disposais, c'est que tous les participants avaient autour de mon âge et que tout le monde était diplômé, au moins au niveau licence. Vu que je ne cherchais pas du tout un futur compagnon, il me suffisait d'être la vedette de la soirée.

Et voici que j'ai passé un après-midi avec cet homme pour qui j'ai eu un intense coup de foudre. Yûji Yamada n'est pas particulièrement beau, pas comme mes amants passés que je choisissais d'abord pour leur apparence. Il m'attire naturellement. J'aime son odeur. Je désire définitivement qu'il m'embrasse ce soir et que nous nous promettions de vivre ensemble.

La côte se fait plus abrupte. J'ai une sensation de déjà-vu. Lorsque je sortais avec monsieur Green, avant de dîner en ville, nous nous promenions en voiture par des chemins pareils à celui-ci. De toute façon, je ne me souviens plus des détails, car c'était toujours tard dans la nuit. Je demande à Yûji :

— Où sommes-nous ?

L'air concentré, Yûji me fait signe de ne pas le déranger. La pente est de plus en plus raide. Dix minutes passent. Tout d'un coup, il réduit la vitesse et ouvre la bouche :

— Regarde à droite, Kyôko.

Je vois les lumières de la ville qui brillent comme des pierreries éparpillées. Je m'exclame :

— C'est splendide ! Ça me rappelle les mégapoles étrangères que j'adore. New York, Paris, Rome, Moscou, Londres, Singapour…

En énumérant, j'ai de nouveau une impression de déjà-vu. Est-ce de Los Angeles ou de Shanghai ? Alors que je réfléchis, Yûji propose :

— Tu dois avoir faim. On dîne d'abord et on reviendra ici après.

Je suis d'accord. Il m'explique qu'il y a une route principale pour se rendre au sommet mais qu'il a choisi exprès cette route pour me montrer ce magnifique panorama. Cette attention m'enchante.

En quelques minutes, nous arrivons. On se trouve en face de boutiques, de restaurants, d'un hôtel, tous modernes. Cette ambiance me réjouit. Yûji se gare dans un coin éclairé par des réverbères noirs de style européen. Devant nous, un long parterre de chrysanthèmes en pleine floraison. Rouge, jaune, blanc, rose, orange, violet. Que c'est joli !

Je sors de la voiture. Soudain, je m'immobilise. C'est l'endroit où O. m'a amenée il y a près d'un an. Yûji me regarde :

— Ça va, Kyôko ?

— Oui… réponds-je en dissimulant mon embarras.

Il désigne notre gauche :

— Notre restaurant est là. Ça s'appelle Nono-yuri.

Ce nom m'embrouille encore plus. J'aperçois l'enseigne ornée d'un lys blanc. Il entoure mon épaule de son bras :

— On y sert un excellent vin chilien.

— Es-tu déjà venu ici ?

— Non. Mon ami me l'a recommandé.

— Le médecin que tu as remplacé au *gôkon* ?

— Exactement. Ce matin, quand je lui mentionnais notre premier rendez-vous, il a insisté pour que nous dînions ici. On y va ?

Je le suis d'un pas lent.

Yûji s'arrête devant l'enseigne accrochée au mur à gauche de l'entrée. Sur la planche de sapin sont écrites des phrases. Il lit à voix basse : "Pourquoi vous inquiéter au sujet du vêtement ? Considérez comment croissent les lys des champs : ils ne travaillent ni ne filent..." Puis il ouvre la porte. Un air classique au piano nous parvient. J'hésite. Il m'invite à entrer en effleurant ma taille.

GLOSSAIRE

Bon : fête bouddhique des morts, célébrée du 13 au 15 juillet ou du 13 au 15 août, selon les régions.

Eiken : test de niveau d'anglais.

Gôkon : rencontre en groupe entre des femmes et des hommes célibataires dans l'espoir de former des couples.

Golden-week : série de jours fériés entre la fin avril et le début mai.

Hanami : coutume japonaise de fêter l'arrivée du printemps en appréciant la beauté des fleurs, particulièrement celles de cerisier.

Kamataki : processus de cuisson de la poterie dans un four à bois.

Kokeshi : poupée traditionnelle japonaise en bois.

Love-hotel : hôtel où on peut réserver une chambre à l'heure ou à la nuitée pour avoir des relations intimes.

Miaï : rencontre arrangée en vue d'un mariage.

No-no-yuri : lys des champs.

Nori : feuille d'algue séchée.

Ochakumi : préparer et distribuer le thé au travail. C'est aussi le nom de la personne chargée de cette tâche.

San : suffixe de politesse équivalant à monsieur, madame ou mademoiselle.

Shanaï-ren'aï : amour entre employé(e)s d'une même entreprise.

Shichifukujin : sept divinités du bonheur.

Shôgi : jeu d'échecs japonais.

Tsukemono : légumes préservés à l'aide de sel, vinaigre, miso, son de riz.

Uméboshi : prune salée.

Yukata : kimono léger en coton pour l'été.

OUVRAGE RÉALISÉ
PAR L'ATELIER GRAPHIQUE ACTES SUD
REPRODUIT ET ACHEVÉ D'IMPRIMER
EN AVRIL 2022
PAR NORMANDIE ROTO IMPRESSION S.A.S.
À LONRAI
POUR LE COMPTE DES ÉDITIONS
ACTES SUD
LE MÉJAN
PLACE NINA-BERBEROVA
13200 ARLES

DÉPÔT LÉGAL
1re ÉDITION : MAI 2022
N° impr. : 2201453
(Imprimé en France)